HOTEL MUNDO

ALI SMITH

Hotel Mundo

Tradução
Caetano W. Galindo

COMPANHIA DAS LETRAS

Grafia atualizada segundo o Acordo Ortográfico da Língua Portuguesa de 1990, que entrou em vigor no Brasil em 2009.

A presente edição contou com subsídio do Scottish Arts Council.

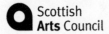

Scottish
Arts Council

Título original
Hotel World

Capa
warrakloureiro

Foto de capa
© Peter Marlow/ Magnum Photos/ LatinStock

Preparação
Carlos Alberto Bárbaro

Revisão
Ana Luiza Couto
Veridiana Maenaka

Dados Internacionais de Catalogação na Publicação (CIP)
(Câmara Brasileira do Livro, SP, Brasil)

Smith, Ali
Hotel Mundo / Ali Smith ; tradução Caetano W. Galindo.
— São Paulo : Companhia das Letras, 2009.

Título original: Hotel World.
ISBN 978-85-359-1580-8

1. Ficção inglesa I. Título.

09-11437 CDD-823

Índice para catálogo sistemático:
1. Ficção : Literatura inglesa 823

[2009]

EDITORA SCHWARCZ LTDA.
Rua Bandeira Paulista 702 cj. 32
04532-002 — São Paulo — SP
Telefone (11) 3707-3500
Fax (11) 3707-3501
www.companhiadasletras.com.br

para

Daphne Wood
por sua generosidade

Andrew e Sheena Smith
por sua bondade

Sarah Wood
pelo mundo inteiro

Lembre, a morte vem.
Muriel Spark

A energia é o eterno deleite.
William Blake

Espaço hostil, amistoso,
Teus astros eu ponho no bolso
E digo, e te digo adeus.
Eu poder te deixar, sumir,
Sumir, sem vestígios, fugir,
Segundo meu pai é o milagre.
Edwin Muir

As religiões tradicionais enfatizam a constância,
os modernistas, com seus modelos
mecanicistas, enfatizam a previsibilidade, mas o
cosmos é mais dinâmico que um
mundo pré-projetado ou que uma máquina morta...
cada salto é um grande mistério.
Charles Jencks

A queda ocorre durante o pôr do sol.
Albert Camus

PASSADO

Uuuuuuu-

- huuuuu que queda que voo que salto que tombo nas trevas na luz que mergulho que lufada baque impacto que altura que loucura que manobra que pavor e que gaita sem foles sem fôlego que estrondo estrago estralo quebrada e rasgada que coração na minha boca que fim.

Que vida.

Que tempo.

O que eu senti. Ali. Foi.

A história é esta; começa pelo fim. Era o auge do verão quando eu caí; as folhas estavam nas árvores. Agora é o rigor do inverno (as folhas caíram já faz tempo) e é só isso, a minha última noite, e hoje à noite o que eu queria mais que qualquer coisa no mundo era ter uma pedrinha dentro do sapato. Estar andando na calçada aqui na frente do hotel e sentir uma pedrinha chocalhando no meu sapato quando eu ando, uma pedrinha pequena e pontuda, para ela pinicar partes diferentes da sola e machucar só o bastante para ser um prazer, que nem se coçar. Imaginar um lugar que está coçando. Imaginar um pé, e uma calçada embaixo dele, e uma pedra, e apertar a pedra com todo o peso do meu corpo contra a pele da sola, ou contra os ossos dos dedos maiores, ou dos menores, ou a curva interna do pé, ou o calcanhar, ou a bolinha de músculo que mantém o corpo de pé, equilibrado e se movendo pela superfície rígida, imóvel, do mundo. De tirar o fôlego.

Porque agora que se pode dizer que o meu fôlego foi tirado eu sinto falta desses detalhes incômodos o tempo todo. Só quero saber dessas coisas. Fico me preocupando sem parar com detalhes que nunca teriam chamado a minha atenção, nem por um só momento, quando ainda estava viva. Por exemplo, só pela paz de espírito, a minha queda. Eu gostaria muitíssimo de saber quanto tempo levou, quanto exatamente, e faria de novo imediatamente se tivesse uma chance, a dádiva de uma oportunidade, a oportunidade de um minuto íntegra, sessenta segundos inteirinhos, tantos. Eu faria se tivesse só uma fração desse tempo com todo o peso do meu corpo de novo se pudesse (e dessa vez eu ia me jogar de propósito uuuuuu -

- huuuu dessa vez eu ia contar no caminho, um elefante dois elef-ahh) se eu pudesse sentir de novo, como bati no chão, do porão, vinda de quatro andares de altura, dos pés à cabeça, morta à beça. Perna morta. Braço morto. Mão morta. Olho morto. Eu morta, quatro andares entre mim e o mundo, foi só isso que precisou para me levar, foi a medida, a dimensão e a morte, a curta desped–.

Uns andares bem altos e espaçosos, uns andares de qualidade. Ninguém poderia negar que a minha saída de cena foi de primeira classe; os quartos tinindo de novos e elegantemente mobiliados com camas boas firmes e caras e tetos altos ornamentados com cornijas no primeiro e no segundo, e uma larga escadaria imponente por trás da paralela à qual eu caí. Vinte e um degraus entre cada andar e dezesseis até o porão; caí tudo isso. Uma distância bem considerável entre cada carpete grosso de cima e cada carpete grosso abaixo, apesar de que o porão é de pedra (eu lembro, dura) e o tombo foi curto, menos de um completo e glorioso segundo por andar eu estimo agora tão depois do acontecido, descida, fim. Foi bacana. A queda. A sensação. A pancada sem igual; o voo até o amargo fim, o trajeto inteiro até beija a poeira.

Um bocado de pó seria legal. Dava para pegar quando você quisesse, não?, na hora que desse vontade, dos cantinhos dos quartos, de embaixo das camas, de cima das portas. Os cabelos enrolados e as coisas secas e os fragmentos de o-que-um-dia-foi-pele, todos os glamorosos dejetos de criaturas de fôlego moídas até restar só sua essência e coladas de novo com restos de teias usadas e flocos de uma mariposa, as escamas translúcidas da asa desmantelada de uma varejeira. Seria fácil (pois você consegue fazer uma coisa dessas quando quiser, se quiser) você cobrir a mão de pó, enrolar um nadinha de pó entre um dedo e o polegar e ver ele formar um carimbo da tua digital, tua, única, de mais ninguém. E daí você podia limpar com uma lambida; eu podia limpar com a minha língua, se tivesse língua de novo, se a minha língua fosse molhada, e eu pudesse sentir o gosto de verdade. Sujeira linda, cinza e *vintage*, o encardido da vida, grudando no céu ósseo de uma boca e sabendo a quase nada, o que é sempre melhor que nada.

Eu daria qualquer coisa para sentir um gosto. Poder provar só pó.

Porque agora que eu quase fui embora, eu estou mais aqui do estava antes. Agora que eu sou só ar, eu só quero respirar. Agora que estou quieta para sempre, rarrá, são só palavras palavras palavras comigo. Agora que eu não posso simplesmente esticar a mão e tocar as coisas, é só o que eu quero, isso.

Foi assim que acabou. Eu entrei no, no. O elevador de pratos, uma cabininha bem pequena pendurada no alto de um poço cheio de nada, eu esqueci a palavra, ele tem um nome só seu. As paredes, o teto e o chão eram todos de um metal cor-de-prata. A gente estava no último andar, o terceiro; era o alojamento dos criados duzentos anos atrás, quando a casa tinha criados, e depois a casa foi um bordel e era lá em cima que punham as meninas baratas, as mais doentes ou as que estavam envelhecendo mais, para vender o que tinham para vender, e agora que ela é um hotel e que cada quarto custa dinheiro toda noite os quartos menores ainda custam um pouco menos porque o teto fica mais perto de tocar o chão ali no alto da casa. Eu tirei os pratos e larguei no carpete. Tomei cuidado para não derramar nada. Era só a minha segunda noite. Eu estava sendo boazinha. Subi, para provar que conseguia; eu me enrolei que nem um caracol na concha, o pescoço e a nuca dobrados para dentro, bem apertados contra o teto de metal, rosto entre os braços, peito entre as coxas. Fiz um círculo perfeito e o quarto balançou, a corda rompeu, a cabine caiu uuuu-

- huuuuuu e quebrou no chão, quebrada eu também. O teto desceu, o chão subiu para me encontrar. As minhas costas quebraram, o meu pescoço quebrou, o meu rosto quebrou, a minha cabeça quebrou. A gaiola em volta do meu coração se quebrou e o meu coração saiu. Acho que era o coração. Ele se libertou do meu peito e se enfiou na minha boca. Foi assim que começou. Pela primeira vez (tarde demais) eu soube o gosto do meu coração.

Eu ando sentindo falta disso de ter um coração. Tenho saudade do barulhinho que ele fazia, de como ele conseguia mandar o calor para cá e para lá, de como ele conseguia me manter acordada. Eu vou de um quarto para o outro aqui e vejo camas bagunçadas depois do amor e do sono, depois camas limpas e feitas, esperando de novo que corpos escorreguem para dentro delas; lençóis frescos dobrados, camas com a boca aberta dizendo *bem-vindo, anda, entra aqui, o sono está chegando*. As camas são tão tentadoras. Elas abrem a boca em todo o hotel toda noite para que os corpos se metam nelas uns com os outros ou sozinhos; todo mundo com o coração batendo, escorregando para dentro de espaços que outras pessoas deixaram vazios para elas, pessoas que foram sabe Deus para onde, que esquentaram esses mesmos espaços poucas horas antes.

Eu ando tentando lembrar como é que era, isso de dormir sabendo que você ia acordar. Eu ando monitorando eles de perto, esses corpos, e vendo o que o coração deles deixa eles fazerem. Tenho ficado olhando eles dormirem depois; eu já sentei na beirada de camas satisfeitas, de camas insatisfeitas, camas que roncam, que se apagam, camas com insônia, camas de pessoas que não sentiam a presença de alguém ali, ninguém no quarto, além delas.

Anda. O sono está chegando. As cores estão indo embora. Eu vi que o trânsito hoje estava descolorido, todo o inverno da rua desbotou, ficou por demais exposto ao vento e ao sol. Hoje até o sol estava descolorido, e o céu. Eu sei o que isso significa. Eu vi os lugares onde o verde costumava estar. Quase não vi vermelhos, e nada de azuis. Eu vou sentir saudade do vermelho. Vou sentir saudade do azul e do verde. Vou sentir saudade dos contornos de mulheres e homens. Saudade do cheiro dos meus pés no verão. Vou sentir saudade dos cheiros. Os meus pés. O verão. Os prédios e a disposição de suas janelas. A embalagem brilhante em volta das comidas. Moedinhas pequenas que não valem muito, o peso delas num bolso ou na mão. Vou sentir saudade de ouvir uma música ou uma voz saindo do rádio. Ver fogueiras. Ver a grama. Ver os pássaros. As asas deles. Os redondinhos deles. As coisas que eles usam para enxergar. As coisas que a gente usa para enxergar, duas, espetadas em um rosto em cima de um nariz. A palavra foi embora. Estava na ponta da língua agorinha. Nos pássaros elas são pretas e parecem continhas. Nas pessoas são buraquinhos cercados de cor: azul, verde ou marrom. Às vezes podem ser cinza, cinza também é uma cor. Eu vou sentir saudade de ver. Vou sentir saudade da minha queda, que me destruiu, que me tornou uuuuuu-

- huuuu a pessoa que sou hoje. Que bosta, para sempre, pelos séculos dos séculos mundo-sem-fim com um fim afinal, amém. Eu ia ficar me jogando sem parar. Eu vou toda noite desde que caí no último verão (o meu último) lá para o último andar, e apesar de terem tirado o elevador, sabe Deus onde ele foi parar, removido por algo que lembra bom gosto (notória, uma tragédia, não mencionada, uma história-oculta, a minha morte um dia estava nos jornais, e no outro tinha evaporado, um hotel tem que ganhar a vida), o poço ainda está lá suspenso por trás da escadaria com sua promessa fatal desde lá o bem-no-alto até o embaixo, e eu me jogo dali e acabou, fico pairando no buraco, pouso no chão como neve desinteressante. Ou se eu me arremesso, faço o esforço especial de voar rápido para bater na pedra, atravesso direto como se a pedra fosse de água, ou eu fosse uma faca quente e a pedra fosse manteiga. Eu não consigo deixar marcas em nada. Não tenho mais o que quebrar em mim.

Imagine mergulhar na água, a água se rompendo em volta dos teus ombros para abrir espaço para você dentro dela. Imagine quente ou frio. Imagine manteiga fria desaparecendo em pão quente, dourado na parte de cima, sumindo. Tem uma palavra para pão quente. Eu sei. Sabia. Não, foi-se embora.

A história é esta. Quando eu bati no porão quem eu fuuuuhuuui se partiu, se apagou em cima de mim como o fogo se apaga no alto de uma chama. Eu fui ao enterro para ver que eu tinha sido. Foi meio triste. Era um dia frio de junho; as pessoas estavam de casaco. Na verdade é bem bonito o lugar em que enterraram ela. Passarinhos cantando nas árvores e o som do trânsito distante; eu conseguia ouvir todo o espectro dos sons naquele momento. Agora os pássaros estão distantes e quase não tem mais barulho de trânsito. Eu faço visitas bem frequentes. Agora é inverno. Puseram uma lápide com o nome e as datas dela e uma fotografia oval encimando tudo. Ainda não desbotou. Vai, com o tempo; pega o sol da tarde. Outras lápides também têm isso, o mesmo tipo de fotografia, e a chuva entra e com o movimento das estações em torno das lápides, esquentando e esfriando as pedras, a condensação vai e vem dentro do vidro em cima dos retratos. O menininho com o boné da escola, lá do outro lado do morrinho de grama; aquela velhinha, esposa adorada; aquele rapaz com o seu melhor terno, vinte e cinco anos fora de moda; todos ainda respirando por trás dos seus vidros. Espero que a nossa também faça isso de respirar. A dela.

Embaixo da terra, no frio, nos cheios cheiros fracos de barro e madeira e verniz molhado, estão acontecendo tantas coisas empolgantes com ela agora. Talvez as cócegas das bocas sinceras dos vermes; de tudo. Nós fomos uma menina, morremos jovens; o contrário de velhas, foi que nós morremos. Nós tínhamos um nome e dezenove primaveras; diz isso na pedra. Dela/minha. Ela/eu. Toc-toc. Quem é? Euuuuu-

-huuu. Euuuu-

-huu quem? Euuuu-huuu você mesma. Alguém cortou a fotografia dela para caber ali. Dá para ver o tremor de uma tesoura cuidadosa no contorno da cabeça dela. Uma cabeça de menina, cabelo escuro até os ombros. Boca fechada e sorridente. Brilhantes e tímidas, as coisas com que ela enxergava. Um dia foram de um azul-esverdeado. A cabeça no oval de vidro é a mesma dos porta-retratos nos vários cômodos da casa, um no cômodo da frente, um no quarto dos pais, um no corredor. Eu escolhi as pessoas mais tristes e as segui para ver onde tínhamos morado. Elas me pareciam vagamente familiares. Sentaram na primeira fila na igreja. Eu não podia saber ao certo. Tinha que adivinhar. Achei que eram nossas, aquelas pessoas, e estava certa. Depois do enterro nós fomos para casa. A casa é pequena; não tem andar de cima, não tem de onde se cair direito. Uma cadeira naquela casa pega quase uma parede inteira. Um sofá e duas cadeiras enchem uma sala até mal ter espaço para as pernas das pessoas sentadas.

Um cachorro estava latindo para mim a duas casas dali. Um gato estremeceu ao me atravessar no lugar onde antes os tornozelos dela eram, esfregando-se no ar. Chegou mais gente do enterro e a casa ficou ainda menor. Eu fiquei olhando eles todos tomarem chá na falta de espaço em que ela morou. Fui até o quarto dela. Estava cheio de duas camas. Pairei sobre uma cama. Voltei pela parede. Pairei sobre os tristes. Pairei sobre a televisão. Pairei sobre o aspirador.

Eles comeram o salmão, a salada e os sanduichinhos e foram embora, apertando a mão do homem que estava na porta, o pai. Estavam aliviados por estar indo embora. O negrume se dispersou por sobre a cabeça de quase todos eles quando chegaram ao portão do jardim e ele se fechou atrás deles com um clique. Voltei para dentro da casa para examinar as pessoas abandonadas. Eram três. A mulher era a mais triste. Estava sentada em uma cadeira e as palavras caladas que cercavam a cabeça dela diziam: embora esta seja a minha casa onde eu morei por vinte e dois anos, e nela eu esteja cercada pela família e por coisas familiares, eu não sei mais ao certo onde eu estou neste mundo. O homem fez chá e levou os pratos sujos. A tarde toda enquanto o chá era bebido ou ficava abandonado ele recolhia xícaras em uma bandeja e ia para a cozinha, enchia uma chaleira, fazia mais chá e voltava de novo com xícaras cheias. Na cozinha ele ficava parado, abria uma porta de armário, tirava nada do armário, fechava a porta de novo. A filha ainda-viva era uma menina, outra. Tinha uma fratura de raiva que começava bem onde acabava o cabelo amarelo, atravessava a testa e corria bem pelo meio do rosto dela, dividindo queixo, pescoço, peito, indo até o abdome onde se enroscava em um nó negro. Este nó mal conseguia manter unidas as duas metades dela. Ela ficava sentada abraçando os joelhos embaixo da foto emoldurada da menina que não era mais. Ali a gente estava de gravata, tímidas, segurando um troféu com o formato de um corpo nadando.

Ainda tinha um resto de salmão no prato. Eu estava imaginando que gosto teria. O homem veio, levou embora, jogou o resto em um saco plástico no quintal. Era um desperdício. Ele podia ter guardado. Eles podiam comer depois ou amanhã e o gosto ainda estaria bom, melhor ainda; eu queria que ele soubesse. Olhei triste para ele, depois tímida, aí ele me viu. Ele derrubou o saco plástico. Que farfalhou nas lajes de pedra rachada. A boca dele abriu. Nenhum som saiu (naquela época eu ainda ouvia perfeitamente). Acenei para ele com o meu troféu de natação. Ele ficou pálido. Ele sorriu. Balançou a cabeça e olhou através de mim, e aí de novo eu não era mais e ele jogou o salmão. Uma metade inteira de um lado de um peixe, e ia ser fácil tirar as espinhas, estava assado bem no ponto. Tinha um rosa lindo. Isso foi no último verão, o meu (súbito) último. Naquela época eu ainda conseguia ver todos os tipos de vermelhos.

Então eu treinei a fotografia da escola que estava em cima da televisão. O rosto era de inocência e cansaço, a idade, treze, um tantinho vesgos os, os. As coisas que ela usava para ver. Fiquei craque em fazer o vermelho das coisas em uma outra foto, uma com outras meninas, e todas no borrão tinham luzes vermelhas e uma audácia fingida saindo do rosto e bebidas nas mãos. Conferi para ver se estava representando a menina certa. Lá estava ela, escondida no fundo. Trabalhei bastante no calor da aparência dela no retrato da lareira, o retrato dela com o braço em volta dos ombros da mulher sentada agora tão perdidamente na cadeira. A mãe dela.

Eu conseguia fazer a ela do oval da lápide sem nem tentar; era mole, um leve sorriso mas séria; foto de passaporte para entrar em outros mundos. Mas a que eu mais gostava de representar era a que tinha também a irmã deixada-para-trás, uma foto que a irmã guardava escondida na bolsa e só olhava quando os pais estavam dormindo ou quando estava em um cômodo com fechadura. As duas estavam sentadas em um sofá, mas a menina que não era mais tinha sido apanhada no meio de dizer alguma coisa, sem olhar para a câmera. Aquela era a minha obra-prima, o ângulo do movimento, a cara risonha, o algo ainda por dizer. Aquela custou trabalho para parecer tão espontânea.

Do verão até o outono eu fiz tudo que podia fazer. Apareci para o pai. Apareci para a mãe. Apareci para a irmã. O pai fingia que não conseguia ver. Quanto mais via, mais desviava o rosto. Dos ombros dele ia subindo um muro, centímetro a centímetro em volta da cabeça; cada vez que eu vinha ele acrescentava uma nova camada de tijolos ao topo do muro. No outono o muro já tinha passado de longe o alto da cabeça dele, balançando, mal assentado e ameaçadoramente desequilibrado, quase até o teto na sala de estar onde batia na luminária e fazia girar luz e sombras sempre que atravessava a sala.

Fui até a mãe só duas vezes. Ela chorou, ficou um trapo, assustada e amedrontada. Foi desagradável. As duas vezes acabaram em choro e semanas sem sono. Era mais bondoso não fazer isso, e então eu a deixei em paz.

Mas a irmã me sugava com uma sede terrível. As aparições nunca eram o bastante para ela. Com o troféu, com as luzes vermelhas saindo do meu rosto, com o sorriso de passaporte, com as coisas divertidas por dizer. Todas as caras que eu fazia eram sugadas e sumiam na fratura que percorria o seu corpo. O verão passou, veio o outono e a sede ainda deixava ela escurecida; na verdade ela parecia ainda mais sedenta, queria mais, e as cores estavam desbotando. Quando o inverno chegou eu parei. (Desde então tem sido mais fácil, eu percebi, aparecer para pessoas que não reconhecem o que estão vendo. Eu olhei para o rosto rachado da menina triste e soube. Encarando o que significa tanto é mais fácil não ter cara.)

Acima de mim, os passarinhos cantando, cada vez mais longe. Cada dia um pouco mais distantes, mais em surdina, como algodão no ouvido. (Imagine algodão. O atrito fino e esfiapado do algodão.) Eu estava sentada dois centímetros acima do túmulo, em almofadas de ar. Era uma tarde de sábado; eu estava de saco cheio de perturbar a família, de saco cheio de aparecer para qualquer um, gente que não sabia quem a gente era. As folhas estavam ficando pálidas nas árvores. A grama, forte e fresca, estava ficando cinza para o inverno, e ela embaixo do tapete empapado, terra acumulada e revirada por quase um luxuriante metro e meio sobre ela. Olhei para o passaporte no oval, o rosto da forma que tínhamos assumido juntas. Lá embaixo, por baixo da terra, ela dormia. Não podia vir para cima. Mas eu podia descer. Cruzando argila e os ovos postos de criaturas de muitos pés, e os cupins, as larvas enterradas se banqueteando, todos a espera de que ela os abrisse, a estação que vem depois do inverno, esqueci o nome, a estação em que as flores de um jeito ou de outro vão esticar as cabeças de novo para fora.

E eu desci ultrapassando até uns bulbos atordoados até passar pela tampa do quarto de madeira, lisa e cara por fora, papelão barato no miolo. Por uma última vez eu escorreguei para dentro da nossa velha forma, alçando os ombros dela em torno de mim e me enfiando pelas pernas e pelos braços dela, e pelas costelas lascadas, mas não servia direito, ela estava quebrada e apodrecendo, então eu fiquei deitada meio dentro meio fora dela embaixo dos babados enfeitados das entranhas do quarto, frio, imagino, e inutilmente rosa no escuro.

As coisas que ela usava para ver tinham ficado pretas. A boca estava colada. Oi, ela disse através da cola. Você de novo. O que você quer?

Tudo bem com você? Eu disse. Dormiu bem?

(Ela me escutou!) Até agora estava bem, ela disse. E aí? O que é?

Era melhor isso ser importante.

Eu só quero uma coisa, eu sussurrei, para levar para cima. Só uma coisinha de nada. É sábado. Você sabia? A sua irmã plantou açafrão em cima da sua cabeça na semana passada, você sabia?

Quem? Ela disse. O quê? Vai se foder. Me deixa em paz. Pelo amor de Deus, eu estou morta.

Eu preciso saber uma coisa, eu disse. Você lembra da queda? Você consegue lembrar quanto tempo a gente levou para cair? Você lembra o que aconteceu logo antes? Por favor.

Silêncio. (Mas eu sabia que ela estava me ouvindo.)

Eu não vou sair daqui, eu disse, até você me dizer. Eu não vou embora sem saber.

Silêncio. Então eu fiquei esperando. Fiquei dias ali com

ela no quarto-caixa. Claro que fiquei irritando. Eu brincava com as suturas dela. Entrava e saía dela. Entrava por um ouvido e saía pelo outro. Eu cantava músicas de *My Fair Lady* (ah que manhã linda; eu só quero é um quarto em algum lugar/ longe do ar frio da noite; tchauzinho, mas eu volto logo; pode me processar, pode me processar/ pode me encher de balas/ Eu te amo), eu cantava no fundo do crânio dela até que queixas transbordando das outras sepulturas me fizeram parar. Aí, em vez disso, eu enfiei os dedos dela no seu próprio nariz tapado, retorci os lóbulos das orelhas.

Perdi três subidas e descidas inteirinhas do sol (dias bem preciosos para mim, se não para ela, deitada agora com os bolsos cheios de terra e com uma cobertura de terra por cima, tão confortável e segura no seu poço de dias e noites que passam e passam e passam sem ser detidos no fim por pobres porões) antes de ela finalmente dizer, sempiscarmente:

Tá bom, tá bom. Eu conto. Se você prometer que vai embora e me deixa em paz.

Certo, eu vou, fechado, eu disse.

Jura? Ela disse.

Pela sua mãe mortinha, eu disse.

Ai, Jesus. A minha mãe. Regra número um. Nada de me lembrar, ela disse. E número dois. Só a queda; mais nada, nada mais.

Certo, eu disse. Eu só quero isso.

Quanto você sabe?, ela disse com os dentes bem travados. Quanto eu tenho que voltar?

Bom, eu sei que eu tirei os pratos do quartinho, eu disse. Eu sei que tomei cuidado. Eu me lembro de me enfiar no quartinho, puxar as nossas pernas para dentro como alguém que ainda não tivesse nascido, mas eu não consigo lembrar por quê. E eu lembro da queda, uuuuu-

-huuu pode apostar que eu lembro.

Arremessei as nossas pernas contra as paredes de madeira fina. Dava para sentir que ela não gostava. Com o suspiro de uma morta ela disse:

Não era um quartinho. Era pequeno demais para ser um quarto. Era um monta-cargas, lembra? —

(Era esse o nome, o nome da coisa; isso; monta-cargas monta-cargas monta-cargas.)

— e a história é esta, já que você está tão desesperada atrás de uma história. Feliz é o que você percebe que é uma fração de segundo antes de ser tarde demais.

Tarde demais? Tarde demais para quê? Eu disse.

Sem interromper, ela disse. É a minha história e pronto: está ouvindo? Eu me apaixonei. Caí de quatro. Me derrubou. Fiquei feliz, depois fiquei um farrapo. Fazer o quê? Eu tinha passado a vida esperando me apaixonar por algum menino, ou um homem qualquer, e estava esperando, vendo se ele aparecia. Aí um dia o meu relógio parou. Eu pensei que de repente tinha entrado água e levei o relógio naquela relojoaria do outro lado do mercado. Sabe qual?

Não, mas eu descubro, eu disse.

Beleza, ela disse. Os ponteiros do meu relógio estavam parados às dez para as duas, apesar de não ser essa a hora certa. Eu tirei o relógio do pulso e pus no balcão e a menina do outro lado do balcão pegou e deu uma olhada. Ela ficou com o relógio na mão. As mãos dela eram sérias. Eu olhei para ver pela cara dela quanto ia custar, e quando olhei, quando vi a testa dela franzir enquanto ela cutucava e virava e chacoalhava o meu relógio, quando eu vi o momento de concentração passar atravessando o rosto dela enquanto ela segurava o mostrador nas mãos eu não consegui evitar. Caí de quatro. Ela vende relógios, tudo quanto é tipo, e pulseiras de relógio, e baterias de relógio. Ela manda limpar a parte de dentro dos relógios das pessoas para eles voltarem a funcionar. Ela fica ali cercada de relógios em mostruários, relógios em estojos, relógios cobrindo as paredes, eu não tinha ideia de que existiam tantos tipos de relógio para você escolher, e todos eles parados, com os ponteiros apontando para momentos diferentes e possíveis do dia. O único relógio que funcionava na loja naquela manhã estava no braço dela, fazendo tique-taque na morna parte de baixo do pulso dela. Ela abriu a caixa do meu relógio morto e verificou a bateria. Sekonda.

É o nome dela? Eu perguntei.

Eu estou avisando, ela me disse através da boca inaberta. Eu só vou te contar isso uma vez, lembra? Nós fizemos um acordo. Sekonda era o que estava escrito no relógio, o nome daquele tipo de relógio. Foi a primeira palavra que ela me disse. Sekonda? Desse jeito, com um ponto de interrogação depois. O meu também é Sekonda, ela disse. Ela virou a palma da mão para cima e me mostrou o mostrador do relógio dela. Tinha algarismos romanos. Aí ela disse: vou ter que mandar para o conserto. Vai levar coisa de três semanas, talvez mais. Vai custar umas trinta e cinco libras. Na média, mas pode ser que acabe sendo mais caro, eu não tenho como saber. Você podia comprar um relógio novo com menos que isso. Então, você quer que eu mande? Sim, eu disse; eu não conseguia pensar em outra palavra para dizer a ela. Tem que ser uma relojoaria especializada, ela disse. Todos os Sekonda a gente manda para o conserto. A gente não consegue consertar aqui. Sim, eu disse, sim, e peguei o recibo que ela estava me oferecendo e saí da loja, com o sino de cima da porta batendo atrás de mim.

Eu me encostei na parede da frente da loja com as batidas do sino no meu ouvido. Segurei o meu tórax com os dois braços. Eu não sabia o que estava errado comigo. Fiquei pensando como eu podia voltar para a loja e dizer, o seu relógio é muito mais legal que o meu, eu queria um com algarismos romanos, me vende um igual ao seu. Mas não me mexi. Eu não conseguia me mexer. Fiquei na frente da loja escutando o tique-taque do meu coração. Eu estava me sentindo estranha, e diferente.

Aí eu me dei conta. Eu tinha me apaixonado, e tinha sido pela menina da relojoaria. Eu estava feliz. E eu tinha um recibo.

(Eu me estiquei por cima dela no quarto subterrâneo. Não tinha muito espaço; sorte que eu sou assim tão imaterial. A história tinha me feito esquecer que estávamos mortas. Mas eu olhei e vi os lúgubres cantos fechados de sua boca virados para baixo.)

Então eu amassei o recibo na palma da mão, ela disse. Fiquei com a mão no bolso e com o recibo quentinho na mão. Durante três horas, inteirinhas, naquele dia eu caminhei pelas ruas como se elas fossem minhas, como se o mundo fosse meu.

Aí eu fui nadar.

Era um dia quente de maio; fui para a piscina ao ar livre. Você lembra qual, onde tem aqueles cubículos antigos, com porta de madeira, do tipo que abre e fecha com mola que nem as portas dos saloons dos faroestes?

A gente adorava faroeste, lembra? Eu disse.

Nada de nostalgia, ela disse. Regras. O que eu estava te dizendo? Isso. Vá procurar a piscina também. Naquele dia eu nadei como quem nasceu para a coisa. Eu estava feliz, e a água me projetava para a frente. Voltei para o meu cubículo, joguei a toalha em volta do pescoço. Estava esfregando o cabelo quando ouvi alguma coisa acontecendo, algum agito na piscina. Olhei para fora. Dois menininhos estavam apontando para mim. Algumas pessoas estavam inclinadas de lado e gesticulavam na minha direção também, lá da arquibancada.

Uma menina, no alto, contra o céu, em cima do trampolim, estava olhando, tinha gente olhando de baixo e de cima, em toda a piscina, até dentro da piscina, se apoiando na borda e cuspindo água pelo nariz; alguns estavam rindo. Senti um calafrio na espinha.

Mas o frio que eu senti era só água do meu cabelo; as pessoas não estavam olhando nem apontando para mim. Claro que não. Estavam olhando para alguma coisa perto de mim, do meu lado. Botei a cabeça mais para fora para ver o que era, e foi isso que eu vi.

Uma mulher de meia-idade a três cubículos dali estava tentando fechar as portas do cubículo dela. Só que as portas não fechavam. Ela não era assim tão grande mas os cubículos da parte feminina da piscina são pequenos e a barriga dela apontava para fora, mantendo as portas abertas. Ela saiu, tentou entrar de frente e as portas ainda não fechavam. Ficaram abertas no calombo da bunda dela. Então ela saiu de ré e tentou entrar de lado, mas foi pior. Parecia que ela estava nesse entra-e-sai fazia algum tempo.

Eu entrei na água de novo e nadei até o outro lado. As pessoas abriram caminho para mim, saíram de lado para que eu pudesse sentar na borda da piscina com as pernas na água para ver como eles.

Vi, como eles. Agora a mulher tinha desistido de tentar fechar as portas e tinha começado a tirar a roupa com as portas abertas, mas não tinha espaço no cubículo para ela erguer os braços ou se abaixar, então ela ficou do lado de fora. Ela tirou os sapatos. Ela se abaixou para desvestir as meias e nós podíamos ver o alto das suas coxas. Alguém assobiou. Todo mundo riu. Ela levantou os braços acima da cabeça para se livrar da blusa. O rosto dela surgiu das roupas, estava vermelho e aturdido. Ela estava só com a roupa de baixo. Nós aplaudimos o salva-vidas que estava dando a volta na piscina correndo para evitar que ela tirasse tudo. Um outro guarda apanhou as roupas dela das lajotas. Com um deles de cada lado, como uma escolta policial para um ladrão de lojas ou alguém que ia aparecer no tribunal, ela foi escoltada para fora, sob aplausos e festejos. Estava descalça, ainda de saia, só a roupa de baixo na parte de cima. A gente podia ver a pele frouxa embaixo dos braços dela. Um homem gritou para ela se cobrir. Eu pude ouvir murmúrios femininos de apoio. Não ia ter espaço para a água se ela entrasse na piscina, imagina para o resto de nós, o homem ao meu lado disse; ele estava olhando para o meu pescoço molhado agora, e eu fiz que sim e sorri porque ele estava flertando comigo, e me enfiei na água de novo.

Depois disso, todo mundo na piscina estava animado. Eu os ouvia enquanto metia as minhas próprias roupas sobre uma pele que ainda estava tão molhada que as roupas grudavam e ficavam presas nela. Quando eu estava saindo várias pessoas me deram tchau, como se fôssemos velhos amigos, como se nos conhecêssemos todos bem, tivéssemos passado juntos por alguma coisa.

Eu estava deitada na minha cama naquela noite e a minha irmã mais nova estava tirando a roupa para entrar na cama dela. Ela me encarou. Está olhando o quê? Ela disse. Eu estava olhando. Eu estava observando, sem nem perceber, a forma do corpo dela, a barriga dela e o lugar em que as calças a cobriam, e estava pensando qual seria a aparência do corpo da menina da relojoaria se ela estivesse sem roupas. Foi a primeira vez, na vida, em que eu pensei uma coisa dessas, sobre qualquer pessoa, e senti vergonha no estômago e se espalhando por todo o meu corpo. Nada, eu disse. Pois não olhe, esquisitona do cacete, a minha irmã disse, e deu as costas para mim para pôr a blusa do pijama pela cabeça antes de soltar os ganchos do sutiã.

Quando ela virou de novo não queria olhar para mim, mas o rosto dela estava vermelho, como se também estivesse com vergonha. Ela entrou na cama dela e desligou a luz num estalo e estávamos no escuro.

No escuro eu decidi me permitir pensar um pouco mais sobre a menina. Era bem mais fácil no escuro. Não parecia nem de longe tão arriscado como pareceu quando me vi pensando nela com as luzes acesas. Pensei nela até ouvir a minha irmã dormir, respirando como se para ela fosse difícil respirar.

Eu sabia o que a minha irmã ia pensar. Pensei sobre o que os meus pais iam pensar; eu podia ouvi-los pela parede, respirando. O que os nossos vizinhos iam pensar; eles estavam respirando pela outra parede. O que Siobhan e Mary e Angela, e os meninos todos, todos os meus amigos lá do bar, iam pensar. O que as pessoas que me conheciam iam pensar. O que as pessoas que mal me conheciam ou nem me conheciam iam pensar. O que as pessoas na piscina ao ar livre, por exemplo, se eu tirasse toda a roupa ali na frente deles até ser só pele e coração aos pulos, iam pensar.

Meu coração batia forte.

Eu ia voltar no dia seguinte com o meu recibo no dia seguinte e simplesmente pedir o meu relógio, e a menina ia simplesmente pegar o recibo, achar o meu relógio quebrado, devolver para mim, e quando me desse o relógio no balcão ela simplesmente ia erguer a cabeça, simplesmente me olhar, e me ver.

No dia seguinte eu voltei até a relojoaria. Fiquei do lado de fora.

No dia seguinte ao dia seguinte eu fui até a relojoaria e fiquei do lado de fora.

Fiz isso durante três semanas em horário comercial,

inclusive aos sábados. O dia de folga dela variava. A hora do almoço dela variava. Podia ser em qualquer momento entre onze e meia e quatro da tarde. Todo dia na terceira semana ela almoçou ao meio-dia e meia, e todo dia daquela semana ela abriu a porta, badalando o sino, acenou para alguém que ainda estava na loja, deixou a porta bater sozinha atrás dela, cruzou a calçada, caminhou pela rua, na minha direção, direto até onde eu estava e passando direto por mim, a centímetros de mim. Ela era linda, e olhava reto, através de mim, quando passava, como se eu simplesmente não estivesse ali.

Quando me fez cair de quatro ela também me deixou invisível.

No meu décimo oitavo dia de espera, eu me permiti olhar por uma última vez as costas marrons da jaqueta dela quando passava. Fui para casa. Me tranquei no nosso quarto. Dobrei o recibo tanto quanto ele aceitava ser dobrado, até ele querer se esticar na minha mão, e o coloquei na caixinha de música no meu criado-mudo. Era da minha mãe, dos anos sessenta, quando ela era menina. Quando você abre, uma bailarina de plástico se ergue, se estica e gira em um pedestal; um dos pés dela está grudado no pedestal. Ela só tem uma perna, que finge ser duas, grudadas. Os braços dela formam um círculo. As mãos dela se fundem acima da cabeça, dedos derretidos uns nos outros. Toca uma musiquinha enquanto ela roda. O "Tema de Lara", de *Doutor Jivago*. Tem um som barato. Enfiei o recibo dobrado no espaço embaixo do pedestal onde acaba a perna dela. A música parou quando a tampa desceu e a bailarina se dobrou. Guardei a caixinha e me preparei para sair. Eu estava com pressa. Era a minha primeira noite em um emprego novo.

Na primeira noite um menino que trabalhava no serviço de quarto disse que ia mostrar como as coisas funcionavam. Estava movimentado, era fim de semana. Na minha segunda noite a gente estava no último andar. Era segunda-feira. Quase não tinha hóspedes lá em cima. Eu não consigo lembrar o nome dele. Ele me contou a história do hotel. Estava com os bolsos cheios de garrafinhas de reposição para os frigobares. A gente estava zoando, sentando nas camas dos quartos vazios, assistindo às TVs deles sem volume e com legendas para ninguém saber que a gente estava lá. Era bem cedo, umas dez e meia. Ele estava pondo pratos no monta-cargas. Embaixo de uma tampa de metal alguém tinha deixado um bife e quase todas as batatinhas. Eu comi umas batatas. Não faz isso, ele disse, eu não faria isso se fosse você, você não trabalhou aqui tempo suficiente para saber por onde isso andou. Eu disse, aposto cincão com você que eu caibo aí dentro. Tirei a bandeja. Eu quase derrubei molho no carpete, mas não, larguei a bandeja no chão e subi no elevador, eu me acomodei perfeitamente ali dentro e estava exatamente virando a cabeça de lado para dizer quanto ele me devia quando.

Você sabe o resto, ela disse. Você estava lá.

Nosso corpo partido no fundo do poço. Eu estava lá. Uuuuuu-

-huuuuu, foi o que eu senti então. Aquilo me fez lembrar. Quantos segundos? Eu disse.

Acabou o teu tempo, ela disse. Esta é a sua história toda. Vai embora.

Mas quanto, exatamente? Eu disse de novo. Você não consegue lembrar quanto tempo a gente levou exatamente?

Não, ela disse.

O que foi que ele te mostrou como funcionava? Eu disse. Era fácil ou difícil? O mecanismo fez alguma diferença na velocidade da queda?

Puta que pariu, ela disse. Eu te contei tudo o que eu sei.

Eu estava perdendo contato com ela. Tentei outra

abordagem. Sabe aquela piscina? Eu disse. Alguma vez você mergulhou do trampolim mais alto daquela piscina? Era muito alto? Ou dos trampolins mais altos de todos de outras piscinas? Por que é isso, eu acho, o mesmo uuu-

-huuuuuu, só que ainda mais.

Claro que eu mergulhei, ela disse. Você sabe que eu mergulhei. Eu era boa. Eu conseguia dar um mortal duplo no ar. Olha, isso agora está ficando doloroso. Vai embora. Você disse que ia. Eu te contei. Você não tem casa? Você não devia ir para o céu, ou o inferno, ou algum lugar?

Logo, eu disse (para Deus sabe onde).

Quanto antes melhor, ela disse. Eu estou cansada. Vai embora. Não volte. A gente não tem mais nada a ver, e ela se fechou como uma tampa. Aí eu voltei para cima. Deixei ela ficar ali, dormindo, desfiando cada uma das letras do nome que a gente dividia e jogando fora as linhas coloridas que o transformavam no nome de mais ninguém no mundo.

Eu quero perguntar de novo para ela o nome das coisas que a gente usa para ver. Eu quero perguntar para ela o nome do pão aquecido.

Já esqueci de novo, o nome do elevador de pratos. Fiquei cansada com isso de contar a história dela para vocês, vocês todos, gente que pisa calçadas, que vê-escuta, que passa tão à toa de um lado para o outro na frente da porta do hotel. Eu perco palavras; como um monte de lascas de granito arrancadas de uma pedra para criar a forma de um nome, elas se amontoam no chão. Subi pela terra. Um bocado de chão seria bacana, escuro e carnudo, gramoso e pedregoso e grudento na língua, granuloso embaixo dela e entre os dentes como mostarda. Ou um punhado de chão; grama fresca e a camada de terra se esfarelando como uma boa mistura para bolo se você esfregasse entre um dedo e o polegar, engrossando como tinta se você misturasse com um pouco de cuspe.

Se eu tivesse cuspe, ou dedos, polegares, ou uma mão, uma boca.

Você podia pôr chão na boca, né? Você, é, você. Você tem mão. Você conseguiria segurar a terra com ela. Eu atravessei a terra e não consegui ficar com nada dela. Voei, despontei sobre pontes que gemiam sob o peso do trânsito. Vi grama cheia de lixo em torno das estações; uma geladeira jogada fora; um carro queimado; uma peça velha de mobília podre com a chuva. Vi a piscina se abrir embaixo de mim. Estava drenada e vazia para os meses de frio. O escuro estava chegando. Folhas velhas voavam em círculos no lado mais fundo.

Dos dois lados filas de portas chacoalhavam, amarradas durante o inverno. Um pardal ficou esperando até as folhas se acomodarem, e saltitou pelo fundo da piscina, inclinou a cabeça. Ninguém ali. Nada para comer.

Eu tenho uma mensagem para vocês, eu disse para o pardal e a piscina vazia. Ouçam. Lembrem, a vida vem.

O trampolim mais alto mal oscilava embaixo de mim, perturbado pelo ar ralo.

Para onde eu podia ir? De volta ao hotel. No caminho eu vi um muro de rostos mutáveis e cadentes como água. São estes: vi uma moça batalhando em uma rua; estava carregando coisas desajeitadas. Vi um homem no teto aberto de uma casa, um pó branco cobrindo todo o seu cabelo o descorando o seu nariz; estava com um lápis atrás da orelha. Vi uma fila de pessoas; um homem com as mãos na parte da frente da saia de uma mulher que estava com ele na fila. Ele a estava levantando pela virilha; os dois riram, tinham os rostos de beberrões felizes. As outras pessoas na fila ficaram entre a educação e a raiva. Vi dentro da cabeça de um homem; estava pensando em facas e sangue.

Vi um velho com as mãos erguidas atrás de um sujeito

bem mais novo que estava indo embora com um carro cheio de coisas. O velho ficou com uma mão erguida até bem depois de o carro ter sumido, e então junto do muro de seu jardim, com o canto dos pássaros e o nada. Senti cheiro de salgados, levemente. Na lanchonete uma mulher estava sentada a uma mesa lendo uma história no jornal sobre uma família que tinha ido em um passeio de barco e tinha sido comida, todos menos um, por tubarões. Ela estava lendo em voz alta, pernas arrancadas e cabeças devoradas, aterrorizada. A fumaça de um cigarro se enrodilhava e enroscava quando ela ria, manchando a sua garganta. Vi um carro em um estacionamento isolado na chuva do finzinho da tarde. Tinha marcas de autoescola, e dentro dele estavam um menino e uma mulher aos trancos contra os assentos. Ah, o amor. O peso todo de outra pessoa. A mulher tinha uma prancheta embaixo do braço, o outro braço em volta do menino, que estava fervendo. Saía vapor dos dois, que deslizava pelos vidros do carro.

Eu disse a todos eles.

Eu disse a todas as pessoas na fila do cinema. Estavam esperando para ver alguma coisa. Eu disse a todas as pessoas na farmácia Boots. Estavam esperando remédios. (Imagine um glorioso nariz tapado de gripe. Imagine uma cândida brancura aguda lá embaixo. Imagine ser uma cor, e se sentir dessa cor.) Fui ao mercado; as gôndolas estavam entupidas de comida. Eu disse às meninas do caixa. Elas estavam esperando que a tarde de sábado acabasse. Era o pior dia para elas.

Lembre, a vida vai.

Estava quase escuro. Achei uma loja com as vitrines cheias de relógios. Uma menina estava sentada sozinha, um braço apoiado no tampo de vidro do balcão. Abaixo dela, relógios. Atrás dela, relógios. Ela estava encarando a parte da frente do pulso, onde o ponteiro móvel do mostrador do seu relógio saltava e parava, saltava e parava, saltava e parava.

Atravessei a menina. Não consegui resistir. Não senti nada. Espero que fosse a loja certa. Espero que fosse a menina certa. Ela teve um tremor nos ombros e se livrou de mim.

Eu tenho um recado para você. Escute.

Ela sacudiu a cabeça para ajeitar o cabelo. Coçou a nuca. Pôs de novo a mão no balcão e observou o relógio, os segundos, tempo morto.

Uuuu-

-huuu? Alguma coisa dessa vez? Não, nada. Eu tento de novo, e mais uma vez. Nada. Só o sono, chegando. O tempo, quase acabado.

É a minha última noite aqui. Eu circulo pelo hotel e imagino pedras, pó, terra. Alguns quartos são pequenos, alguns são maiores. O tamanho dita o preço.

Percorro corredores, invisível como ar-condicionado. Sopro pelo restaurante de mesa em mesa, de bandeja a nouvelle bandeja. Eu me infiltro pela porta da cozinha; nos fundos há quatro cestos de lixo empilhados contra uma parede, todos cheios de coisas não comidas.

Eu me deixo ficar na recepção como música ambiente. Vocês vão me reconhecer; eu sou uma musiquinha conhecida demais. Deslizo subindo os brilhantes corrimãos, cada vez mais alto até o último andar, e pela porta de um dos quartos e sobre o carpete e através da janela mais alta, e rodopio descendo toda a fachada do edifício (até a calçada onde as pedras formam o nome do hotel, lavadas toda manhã às seis e meia independente do tempo ou do escuro ou da luz pela senhora cansada com o balde e o esfregão, não vou vê-la amanhã, vou sentir falta). Uuuu-

-huuuu eu tenho um recado para você, eu digo para o céu negro sobre o hotel, e as janelas acesas às quatro e meia nos lados e na frente e nos fundos do prédio, e as suas portas que giram exalando e inspirando as pessoas.

Eis uma mulher sendo engolida pela porta. Está bem vestida. Nas costas ela traz nada. A vida dela poderia estar prestes a mudar. Eis outra aqui dentro, usando o uniforme do hotel e trabalhando atrás do balcão deles. Ela está doente e ainda não sabe. A vida, prestes a mudar. Eis uma menina, do meu lado, vestindo cobertores, sentada perto da porta do hotel aqui, na calçada. Sua vida, mudando.

Esta é a história.

Lembre, a vida vem.

Lembre, amor te vem.

Lenho, amor, nu-vem.

(Vou sentir falta da nuvem de neblina. Vou sentir falta das folhas. Vou sentir falta de, de. Como chama? Perdida, está, a palavra. O nome de. Vocês sabem. Eu não quero dizer casa. Não quero dizer quarto. Eu quero dizer todo o   . Morta para o   . Fora desse   . Mudo.

Estou pendente cadente quebrando entre este mudo e o outro.

Marquem o tempo, tá?

Você. É, você. É com você que eu estou falando.)

PRESENTE HISTÓRICO

Else está do lado de fora. Só ganhou trocados, moedinhas, de cinco, de dez. Uma ou outra moeda grande ainda brilha como saída direto de um caixa de loja de departamentos, mas a maioria está fosca de tanto manuseio e tanto frio. Ninguém sente falta, não é?, de um centavinho que caiu da mão ou do bolso na rua. Olha um ali, bem do lado do pé de Else. Quem precisa de um centavo? Ninguém, nem fodendo. Isso até que é engraçado, a ideia de um ninguém fodendo, só um espaço ali onde poderia existir um corpo, e você se sacudindo para a frente e para trás contra o mero ar.

Se ela se inclinar para a frente vai conseguir alcançar aquela moeda de um penny sem precisar levantar.

Ela se inclina. Dói se inclinar.

Para de tentar. Vai apanhar a moedinha quando sair dali. Ela está

(m trcd pr fvr?)

sentada perto de uma grade de ventilação de onde sobe algum calor. Aqui, na frente do hotel, é um bom lugar, e é dela.

Se ela se enfia no nicho da parede perto da porta principal, bem decente e agradável, longe o bastante da porta para os funcionários não incomodarem. Ela olha para cima. O céu é o teto. Ela se fecha, escurece cedo. Na marquise mais alta do prédio da frente, os estorninhos se reuniram e estão pousando e decolando com espasmos e golpes de patas e bicos. Ovos de estorninho: cor azul clara. Eles fazem ninhos de grama e de penas, às vezes com um pouquinho de lixo, em árvores, beirais ou em buracos na alvenaria. São pássaros da cidade mesmo. O peito deles é perfurado de estrelinhas. Eles voam e giram em bandos em um singular gesto grandioso no céu do crepúsculo.

O crepúsculo já aconteceu; a rua entre os prédios está iluminada por postes de rua e pelas luzes da fachada do hotel, as luzes das lojas e os faróis dos carros que passam. O pescoço de Else está doendo de ficar tanto tempo olhando para cima. Ela derruba os olhos pela parede do prédio. É. Aquela menina voltou, sentada na escada do showroom do Mundo dos Tapetes. É, é ela mesma. Está virando um hábito dela. Todo mundo sabe que aqui é o pedaço de Else. Mas aquela menina finge que não sabe. Ela está com o capuz erguido, mas com certeza é ela ali.

Else olha a menina. A menina olha alguma coisa ao lado de Else. Else para de olhar. Alguém está passando e está agindo como se tivesse percebido Else mas decidido ignorá-la; a maioria das pessoas nem vê Else ali, então com um sujeito como este é uma aposta razoável que se Else pedir, vai ganhar.

(snhr pd dr m trcd pr fvr? Brgd.)

Duas moedas de dez pence.

Ponha uma moeda de dez pence na boca e morda e se os seus dentes forem moles eles vão quebrar. Que metal é mais duro, prata ou cobre? Não é prata de verdade. É uma liga. Ela vai ver na enciclopédia da biblioteca na próxima vez que chover, se a biblioteca estiver aberta. Ela já viu uma vez, mas esqueceu. Ela tem quase certeza que a de dez vai ser a mais dura; faz sentido. Uma vez ela e Ade encheram a boca o mais que puderam com elas. Ele conseguia pôr bem mais na boca que ela; era mais bocudo, rarrá. Ficou com o rosto inchado como um hamster; ela podia ver a forma das bordas das moedas pressionando a barba dele. Dá uma certa tontura, o dinheiro, se você enche a boca com ele.

Ela ri só de pensar. Rir dói. O dinheiro ficou coberto de saliva nas mãos deles; ele cuspiu o dele nas mãos dela, saiu tipo um vômito brilhante. Pode ficar, ele disse, você precisa mais que eu. Meu Deus, eles deviam estar bêbados ou pirados ou alguma coisa assim. Eles sabiam da sujeira que tem no dinheiro e mesmo assim puseram tudo na boca. O gosto era de metal. Depois disso, quando Ade a beijou ele também tinha gosto de metal. Ele passou uma moeda de dez pence para a boca dela, passando pelos dentes dela e caindo da língua dele, pesada na dela como uma hóstia, ela ficou com a moeda na língua como se fosse derreter, depois abriu a boca e tirou. A data nela era 1992. Meu Deus. Eles beijaram todos

(m trcd pr fvr?)

os vários tamanhos de moedas que tinham, de um para o outro, como um jogo, para ver como era com cada uma delas.

Else tenta lembrar.

Ela consegue lembrar o gosto do beijo com mais clareza até do que se lembra de Ade, a aparência dele, o rosto. Um tempo inteiro pode se reduzir a um só gosto, um momento. Uma pessoa inteira a uma apara da cara. Agora ela às vezes esfrega uma moeda na blusa e coloca na boca; a prata tem um gosto mais limpo que o do cobre. O cobre tem gosto de carne estragada. A beirada das moedas de um e de dois pence é lisa; a beirada das de cinco ou de dez é cortada por uns risquinhos;

embora sejam pequenas elas parecem grandes na ponta da língua. A ponta da língua é sensível. O peso de uma libra na verdade é surpreendente. Else lembra de ter ficado bem surpresa. Nemo me impune lacessit. Essa é a promessa. É isso que a ponta da língua tateia na borda do dinheiro pesado.

O seu gosto está sempre nos dedos dela, sempre espreitando no fundo da garganta. Ou quem sabe o gosto do dinheiro, ou do amor, seja simplesmente o mesmo gosto do gosto do escarro.

Else ergue a cabeça, olha o outro lado da rua. Aquela menina do lado de lá está com o capuz erguido hoje e as pessoas vão dar menos dinheiro porque não conseguem saber se é um menino ou uma menina que ela é. Com o capuz abaixado ela ia ganhar muito mais. Embora não esteja ganhando pouco. Definitivamente está ganhando mais que Else. Mas com o capuz abaixado, ora, ela ia ganhar muito mais. Else devia ir lá e dizer isso a ela. Ela não faz ideia. Chegou aqui quatro e dez. Parece ter catorze, talvez quinze anos no máximo; tem cara de estudante até debaixo d'água. Cara de

(m trcd pr fvr?)

boa menina estudante até debaixo d'água. O cabelo dela é brilhante e bom demais, debaixo daquele capuz. Ela não parece ferrada. As roupas dela mudam. Tem mais de um casaco. Parece uma fugitiva, mas novinha em folha, chegada-hoje-mesmo. Aí ela ganha dinheiro fácil, claro que ganha, ela parece o que pareciam os filhotinhos atordoados de bichos na frente do tipo de caixa de chocolates que você podia comprar anos atrás, na comparação com um cachorro ou um gato de verdade. A única coisa com ela é que ela parece destruída, parece cinzenta. Ela tem cor de gelo esmagado em cima de uma poça. Else sente bastante pena dela.

Mas também não é como se a menina quisesse o dinheiro.

Ela nem vê quando as pessoas largam o dinheiro na frente dela. Toda vez que ela fica ali é a mesma coisa; quase que imediatamente ela ganha uma porra de uma fortuna que nem parece querer. Else lembra como era ter aquela idade e não dar bola. Faz com que deem mais, as pessoas que vão passando, para fazerem diferença para você. Algumas pessoas oferecem notas para aquela menina. Else viu isso. Eles se agacham na frente dela e falam, sacudindo a cabeça seriamente, concordando seriamente, e a cara da menina fica como ficaria a cara de alguém se, se, Else não consegue imaginar o quê. Isso se aquela menina acordasse e saísse da cama e descesse a escada e fosse para a rua

(m trcd pr fvr? Brgd.)

e descobrisse que por algum motivo todas as outras pessoas na rua, na cidade inteira, estavam falando alguma coisa que ela não sabia falar, tipo norueguês ou polonês, ou alguma língua que ela nem soubesse que era uma língua.

As pessoas vão passando. Elas não veem Else, ou decidem não ver. Else as observa. Elas seguram celulares na orelha e é como se estivessem segurando o lado do rosto e da cabeça em um novo tipo de agonia. As que têm aquele tipo novo de celular com fone de ouvido parecem malucas, como se estivessem andando por aí falando sozinhas em um mundo todo seu. Else fica com vontade de rir, e machuca, rir. O céu é o teto; os prédios, as paredes. Ela agora está com a parede do hotel às suas costas, sustentando o seu corpo. Dentro dela, outra parede a sustenta ereta, vai do abdome à garganta e é feita de catarro, e vez por outra, quando ela não consegue não tossir, quando precisa tossir, não consegue se segurar, a parede desmorona. Ela a imagina se rompendo como cimento podre. Mas ela tem suas serventias. Ela a mantém ereta. Está sustentando-a tanto quanto a parede do hotel.

Ela imagina o lugar do seu coração, os músculos e o sangue em torno das costelas e dos pulmões. Imagina os seus pulmões rangendo e sibilando, enroscado em sangue e músculos como linhas de telefone defeituosas, que de qualquer maneira já são ultrapassadas, e como se alguém estivesse tentando conectar algum lugar que simplesmente não pode ser conectado. Como se alguém chegasse carregando os cabos de telefone todos prontos para serem ligados, saísse de sua van e se visse diante de uma porra de um grande muro de castelo com umas fendas estreitas em vez de janelas, e isso fosse no século XV e nem existisse eletricidade.

(m trcd pr fvr?)

Imagine só, O Cara do Telefone, lá de pé como alguma coisa darwinianamente extraevoluída, pós-Neanderthal com o seu macacão com cabos enrolados nos braços e a sua van cheia de grandes rolos de cabos atrás dele e lá está ele coçando a cabeça como um macaco porque não há tampa metálica no chão que ele possa levantar para fazer seu serviço, e uma dama com um toucado branco espiando pela fenda da parede como se ele fosse um marciano que chegou em uma nave espacial porque é o século XV e vans não existem. Imagine a cara deles. Rir faz ela tossir. A tosse solta — Jesus, isso mesmo, ela pensa enquanto tosse — uma aljava de setas do século XV que atravessam seu peito com todos aqueles ganchinhos farpados e bordas metálicas rebarbadas, e foi só uma tossinha pequena, uma tosse afogada, porque uma tosse de verdade, ela pensa, desafiando-se, tomando fôlegos de dois, três centímetros, se recuperando, abalaria as fundações e soltaria uma laje inteira da muralha da fortaleza sobre o fosso. Uma tosse de verdade, ela reajusta os músculos dos braços e dos ombros, sacode a cabeça, é como a porra toda do patrimônio inteiro das antiguidades do governo desmoronando e virando pedregulhos.

Else vai ter que parar de pensar. Ela vai ter que parar de usar a

(m trcd. pr fvfr)

imaginação. Ela não ousa rir de novo; não ousa tossir de novo. Quem é que pode saber o que ela vai tossir? Alguma coisa do tamanho de uma porra de um leitão, pelo jeito, coberta de cerdas de porco, caralho. Puta que pariu. Boceta do caralho. Isto tudo sai numa tosse, que a deixa satisfeita e machucada. Rir faz ela tossir. Respirar faz ela tossir. Então é de imaginar que foder de verdade ia fazer ela cair numa hemorragia de verdade. Se mexer faz ela tossir; só os ombros, a cabeça. Else não ousa se mexer, ainda não.

Quando ela decidir levantar, é isso que ela vai fazer. Ela vai atravessar a rua e vai falar com aquela menina, como fez das duas últimas vezes, e pegar o dinheiro que andaram largando do lado dela. É assim que elas decidiram fazer, ela e a menina, e é assim que elas vão fazer. Primeiro Else levanta. Depois atravessa a rua. Daí a menina a vê e sai correndo. Aí Else pega o dinheiro. É justo. É o direito dela. Todo mundo sabe que o hotel é de Else. Mas ela tem que tomar cuidado ao fazer isso tudo. Tem que pesar as coisas direitinho. Se ela levanta cedo demais, espanta a menina cedo demais e perde dinheiro em potencial. Se ela não levanta a menina bem pode decidir ir embora por conta própria, e vai que ela leva tudo com ela de uma vez?, vai que ela uma hora decide que quer o dinheiro? Else controla a respiração. Vai dar certo. Daqui a pouco vai começar a hora da saída do trabalho, um pouco depois a hora da saída do trabalho vai acabar; aquela menina pode ganhar sabe lá quanto a mais nesse tempo. Else vai esperar. Vai ficar sentada quietinha esperando, porque pode ter mais dez ou quinze paus ali, por exemplo,

(m trcd pr fvfr?)

e isso é quinze paus a mais do que Else consegue ganhar, já que ela está levando quase nada hoje. Você nunca ganha dinheiro se está tossindo para caralho. Eles te contornam em um arco bem largo. Três libras e quarenta e dois pence foi o que ela ganhou desde que anoiteceu. Então ela acabava gostando bastante daquela menina. É uma bela parceria essa das duas. Else podia comer direito hoje à noite e quem sabe até pagar um soninho.

Se a menina não for antes e levar o dinheiro.

Se Else durar até acabar a hora da saída do trabalho e a menina ainda estiver ali.

Se ninguém vier mandar as duas saírem dali.

Circulando.

As pessoas não gostam de ver.

E eu não gosto de ver.

Certo?

Boa menina.

Obrigada.

Algumas das outras coisas que policiais, homens e mulheres, disseram a Else em outros momentos:

Isso aqui é teu? Tira daí. Ou a gente recolhe. Vai tirando. Tira. (um homem)

Quantos anos você tem? Desse jeito você não encara o ano que vem. Você sabe disso, né? Não sou só eu que estou dizendo. É estatística. Gente que nem você morre todo dia. Eu não estou inventando isso. A gente vê, todo dia. Você simplesmente tomba no meio da rua. Você não quer chegar aos trinta? (uma mulher)

Você tem casa. Todo mundo tem em algum lugar. Vai pra casa agora, bem bonitinha. (um homem)

Vai andando agora, Else, assim não dá; você sabe que não pode. (uma mulher)

Você já pensou em trabalhar para ganhar dinheiro? As outras pessoas precisam trabalhar. Não dá para ficar todo mundo à toa que nem você. (uma mulher)

(em um sussurro) Agora eu vou ser claro e só vou te dizer isso uma vez. Você está a fim de um belo de um estupro, e já está mais do que na hora. Deixa eu te ver mais uma vez aqui e você vai levar. Eu estou falando sério. É uma promessa, não é uma ameaça. Você está me escutando? Está escutando? Hein? (um homem, na estação)

Será que você não consegue meter nessa tua cabeça dura que gente decente detesta uma inútil que nem você? Vocês são a ralé do mundo. Vocês estragam o mundo para o resto de nós. A porra da ralé do mundo. (uma mulher, na estação)

Toma, querida. Leite? Açúcar? Dá uma mexida boa que no fundo está cheio de leite em pó. (um homem, na estação)

Você deu uma olhada no edital ali Elspeth? Não? Você pode se inscrever para o aconselhamento policial. É às quintas-feiras, aqui, terceiro andar. Você pode se inscrever. Ou seja, é de graça, você não precisa pagar se é pobre. A gente está aqui para isso, para ajudar as pessoas. É só você se inscrever. É só pedir. (uma mulher, na estação)

Else se lembra daquela palavra, da escola. Pobre. Naquela época era uma palavra da história, dos tempos em que existiam os filantropos (outra palavra dos livros de história), que era o que era Robert Owen, que construiu uma igreja, uma escola e um hospital para os trabalhadores da sua fábrica, e não empregava as crianças mais novinhas até ficarem um pouco mais velhas que a idade em que os outros homens que não eram filantropos contratavam as crianças. O nome do moinho dele era New Lanark, como se a filantropia dele criasse um lugar novo no mundo. Os pobres. Aquilo que a história se esforçava para melhorar, para deixar tudo mais fácil para eles.

Mas isso era naquele tempo. Isto é agora. Em uma das páginas de jornal enroladas em um dos seus pés (as botas dela são muito grandes) há um artigo escrito por alguém que sugere que se instalem caixas para contribuições em dinheiro, das pessoas que têm para as pessoas que têm que pedir, em lojas como a Sainsbury, para que o dinheiro ainda possa ser doado por quem tem essa intenção, mas quem tenha não tenha mais

(m trcd pr fvfr?)

de ouvir os pedidos. Uma ideia dessas (ela ousa rir para si própria e alguma coisa no seu peito ricocheteia e depois se assenta) podia deixar Else desempregada.

O penny perto do pé de Else, aquele que ela vai querer pegar daqui a pouco, está de cara para cima, dá para ela ver, e é uma moeda bem recente, tem a cara pançuda da rainha nos últimos anos. Else observa. Ele não vai sair dali. Daqui a pouco ela pega.

Ela gosta de enrolar coisas relevantes nos pés. A GRÃ-BRETANHA DE HOJE É TREMENDAMENTE MAIS DESIGUAL QUE A DE VINTE ANOS ATRÁS. UMA EM CADA CINCO PESSOAS VIVE ABAIXO DA LINHA DA MISÉRIA. Essas chamadas estão acolchoando o seu calcanhar. Rá. Ela as rasgou do jornal da biblioteca. Esta cidade histórica onde ela está sentada na calçada, cheia de seus prédios medievais e de seus conjuntos habitacionais modernos cambaleando por cima dos esgotos medievais é tudo o que restou da história agora; algum lugar para onde os turistas podem trazer seus traveller's cheques no verão. A história de verdade acabou. Else sabe; ela é esperta, sempre foi. Hoje ela consegue lembrar como se escreve beneficência. Mas mesmo assim, hoje ela não consegue lembrar qual ponteiro é qual no relógio, se é o pequeno que diz os minutos ou o comprido.

(m trcd pr fvfr? Brgd.)

Trcd. Pr fvr.

S vc cnsg lr ss mnsg vc pd s trnr scrtr pr tr m bm mprg.

Primeiro é a ideia de ela tr m bm mprg, de cabelo arrumado e roupas elegantes e fuleiras compradas em lojas, pernas com a cor de nylon da moda e com os sapatos certos nos pés, saindo de um prédio de escritórios como aquele ali em cima do Mundo dos Tapetes. Depois é a ideia de como ela imaginou isso tudo quando era menininha com o pai no metrô lendo esses anúncios para tr m bm mprg quando foram conhecer Londres, uma menina de olhos inteligentes com o cabelo preso e a roupa boa que a sua mãe tinha feito, lá naquela época, lendo o anúncio, sabendo o que ele queria dizer, era mais uma prova da sua esperteza, entender aquilo, a abreviação da possibilidade. Isso a faz rir. A risada sai em uma golfada; ela não consegue impedir. E junto vem a tosse, alta e repentina o bastante para assustar um cachorro que passava e que salta na coleira e começa a latir, e enquanto a tosse e os latidos fazem estrondo e um braço arrasta o cachorro dali, a tosse dói, a farpa encravada da sua imagem quando menina dói, a combinação de tosse e passado a segura com os dentes como um cachorro agarra um trapo, e a sacode.

Para se obrigar a parar de tremer, para se obrigar a parar de pensar nisso, ela resolve pensar nelas, todas as secretárias com bns mprgs ao longo do tempo, filas e filas de

(m trcd

(pausa para tossir

demorada demais, a pessoa passou)

pr fvr?)

estenógrafas, cem palavras por minuto. Imagine só, todas elas cuidadosamente desossando as palavras, e os seus cestos de papel transbordando com os is e os e us e es e as jogados fora. Mas agora elas ficaram todas sem sentido, ela pensa, todas aquelas scrtrias. Viraram história. Rá. Ficaram todas sem sentido graças a meninas novinhas em folha com ditafones e computadores que imprimem o que você está falando ao mesmo tempo em que você fala. Elas provavelmente estão todas na rua agora, as scs, cumprindo a mesma jornada de trabalho que Else cumpre. Ela também não precisa de vogais. Conhece tudo quanto é abreviação. Imagina a calçada entupida de letras que caem das meias palavras que emprega (ela não precisa das palavras todas). Ela imagina como seria explicar para a polícia, ou para os varredores de rua, ou para algum passante irritado. Eu vou limpar depois, ela lhes diz na sua cabeça. São só letras. E afinal elas são biodegradáveis. Apodrecem que nem as folhas. Dão um adubo bom. Os pássaros usam para forrar os ninhos, para manter os ovos aquecidos.

Ovo de estorninho: azul claro. Ovo de sabiá: branco pintado de vermelho. Ovo de tordo: manchas ou sardas marrons. Ovo de pardal: cinza e marrom coberto de borrões. Ovo de tentilhão: rosa com tons marrons. Ovo de melro: um azul meio esverdeado coberto de marrom. Ela conhece os ovos dos pássaros da cidade; conhece desde que era uma criança no quintal dos fundos olhando na sebe o ninho dos melros, os três ovinhos azul-esverdeados pequenos no leito de grama e raminhos da sebe. Não mexa, disse a mãe dela. Se você mexer neles a mãe vai saber e não vai voltar mais e eles vão morrer. Como é que ela vai ficar sabendo? Else perguntou. Vai saber, sua mãe disse, eu estou avisando, não mexa. Else estava com um vestido de poliéster amarelo, com uma tira rosa na gola, nos punhos e na barra. Era o mês de maio, mil novecentos e setenta e nove, muito tempo atrás. Os ovos eram lindos. Ela pegou um deles e segurou com a mão. Era leve, seria bem fácil ele quebrar ali na mão dela. Ela poderia rachá-lo bem fácil; era só mexer um pouco para rachar. Ela o devolveu ao ninho junto dos outros dois. Ninguém tinha visto.

No dia seguinte a mãe dos passarinhos ainda não tinha voltado. Três dias depois os ovos estavam frios. Os passarinhos lá dentro seriam um muco, seus ossos não teriam se formado direito, seriam só cotovelos de asas.

Pare de chorar, sua mãe disse. Não adianta nada para os coitados dos passarinhos. Ela entregou um livro a Else, com pássaros na capa. O livro deixou Else dolorida por dentro. Ela se obrigou a aprender coisas com ele. No verão do ano seguinte, quando o raro calor rebrilhava em cada ponta da rua e os ninhos escondidos em todas as árvores estavam cheios de passarinhos pelados e os ovos do ano passado eram só um sonho ruim, Else (com uma jardineira nova de algodão azul e gola quadrada, com um padrão de margaridas bordado no bolso) sabia essas coisas de cor: o ovo da andorinha era branco e comprido, o ovo da pega era azulado pintado de marrom.

Hoje em dia este é o sonho recorrente de Else: ela entra em uma sala com paredes cobertas de guarda-roupas. Abre a porta do primeiro e dentro, sobre uma prateleira, está a máquina de costura da sua mãe com o plástico transparente e grosso colocado por cima para proteger da poeira. Em torno, embaixo, em cima dela, há gavetas. Dentro de cada uma delas há um complexo sistema de arquivamento de pastas. Dentro de cada uma dessas pastas há uma roupa pequena demais. Um vestido, um cardigã, um colete, calças, uma jardineira. Cada uma dessas peças de roupa foi feita para Else. As gavetas estão cheias de pastas e cada um dos guarda-roupas está cheio de gavetas e a sala está cheia de guarda-roupas a ponto de quase não caber mais nada, e cada peça de roupa está passada a ferro, achatada na sua pasta, encolhida e desprovida de ar como que embalada a vácuo. Else fica tonta com elas. Ela desembala a primeira, e depois outra, depois uma em seguida da outra e mais outra e elas se amontoam em torno e sobre seus pés e mesmo tendo ela aberto centenas de pastas ainda há milhares para desdobrar, todas diferentes, todas feitas à mão, todas cuidadosamente costuradas e mais milhares de gavetas esperando que ela as abra. Mangas bonecas. Calças cenouras e camisetas. Bordas de tesoura de picotar. Cianinhas em zigue-zague. Poliéster e algodão, nylon e lã, lycra, ban-lon e camurça, e são todas inúteis; pequenas demais, frágeis demais, limpas demais, demais; os guarda-roupas continuam infinitamente, sempre lotados de um amor que não se pode vestir, e no seu sonho Else sabe, com uma desesperança que a desvia da sua rota, que está dormindo e que, por mais inapreensível que seja tudo isso, vai rasgá-la em fiapos ter de acordar e deixar qualquer parte disso tudo, cada pecinha de roupa com os seus braços vazios, para trás.

É um pesadelo.

Chegou a um ponto em que Else tem medo de dormir caso ele volte, e tem medo de dormir caso não volte.

(m trcd pr fvr?)

Ela tenta rir. Tosse de novo. Nada se solta. Está coberta de bolhas por dentro; ela sabe que está; por dentro ela parece tinta que ficou perto demais do calor. Por dentro ela está calcinada como o terreno baldio em torno de um prédio condenado cujas janelas foram quebradas, o vidro abandonado no chão dentro dos seus cômodos vazios. Se alguma pessoa entrasse ali para tentar dormir um pouco, por exemplo, ela ia se cortar e se rasgar no vidro. Se ela sentasse para descansar, ia sentar em vidro quebrado. Quando Else respira, quando se move, parece vidro quebrado.

Ela se estilhaçou por dentro, com a vida que leva. Ela sabe disso. Não tem graça. Esse fato cai sobre ela como a desgraça.

Ela se quebrou por dentro, queimou, e depois cobriu tudo com terra como que para deter o fogo. Beleza, Constança e Raridade. Graça em só simplicidade. Jazem aqui, dessas cinzas captivas. Captivas, pê mudo no meio. Cptvs. Shakespeariano. Shksprn. A biblioteca aqui desta cidade é boa. Ela prefere pensar na biblioteca. É melhor que a de Bristol. Fica aberta até mais tarde, normalmente, e os bibliotecários raramente põem alguém para fora, nem quem está dormindo um pouco. Ela tem lido os poetas metafísicos. Verdade e beleza na tumba se ponham. Ou: Minha Regeração. De Ausência, Trevas, Morte; coisas que não são. Trevas poéticas, Else pensa respirando com cuidado, sempre no plural, como que um tipo de escuridão mais longa que o normal, e um T maiúsculo. Trevas. Essência do escuro. Ela leu um poema sobre um menino que representava peças diante da rainha Elizabeth I, fazia bem papéis de velhos e morreu com apenas treze anos. Else também gosta de William Butler Yeats. Entrei assim no bosque de aveleiras. Pois na cabeça eu tinha uma fogueira. Anda, segue teu caminho. Escolho eu outra visão. Meninas à beira-mar. Que sabem a escuridão. Ela não tem mais paciência para romances. Já leu uma vida inteira de romances. São muito demorados. Dizem demais. Não precisa dizer tanto assim. Eles andam arrastando histórias como se você amarrasse latinhas nos tornozelos e tentasse andar por aí.

Else entra em pânico. Ela estava sonhando e agora a menina foi embora. Ela não consegue ver a menina. A menina ainda está lá? Tem gente do outro lado da rua, ela não consegue ver por causa deles. Ela não consegue ver a menina.

Tudo bem. Tudo bem. As pessoas passam e a menina ainda está lá. Ainda não se mexeu. Ainda está de capuz.

Ela se abraça, aquela menina, como se fosse uma só ferida. Ela é nova demais para que alguma coisa tenha acontecido com ela, e olhando daquele jeito para o nada fica bem claro que alguma coisa aconteceu. Mas no geral ela mal parece manchada; parece brilhante, deslocada, como se alguém tivesse deixado uma colher no jardim por engano por umas noites, e lá está ela ainda largada na grama exatamente onde a deixaram quando vêm encontrá-la. Ela tem a aparência de alguém que vem de um lugar com um jardim, um jardim com mobília de jardim.

Else imagina um jardim para a menina e a põe sentada em uma cadeira de praia. Flores altas acenam com a cabeça. Ela está tomando uma lata de Coca. Parece desconsolada. Alguém grita alguma coisa da janela da cozinha. O quê? A menina grita em resposta, cabeça virada para trás, boca aberta. Como é que é?

Não, não grita. Ela não grita. É inverno, não há jardim, e ela só fica ali sentada daquele jeito, uma menina cinza nas escadas cinzentas do showroom do Mundo dos Tapetes do outro lado da rua nas trevas, olhando o hotel.

Ela tem a aparência atordoada das paixões não correspondidas. É

(m trcd pr fvr?)

isso; isso mesmo. Ela está olhando o hotel por causa de alguém que vai entrar, ou alguém que vai sair dali. Algum vizinho de rua, algum amigo dos pais dela que está traçando ela regularmente desde que ela fez catorze anos, em cima da jaqueta dela, aberta embaixo deles no conjunto estofado de bom veludo da sala de estar da mãe dela depois da aula, ou na hora do almoço, ou enquanto a mãe dela está no banho ou fazendo compras, e agora a mulher dele, ou a mãe dela, descobriu o que ele estava fazendo, ou quem sabe o pai dela, ele descobriu o que ele estava fazendo, ele está atrás dele, vai quebrar a cara dele, estão à procura dele, e ela veio aqui até o hotel para avisá-lo, ela saiu despercebida do seu quarto, pulou a janela e desceu pela lateral da casa porque a porta estava trancada, eles a trancaram em casa, ela sabe que ele disse que ia ficar neste hotel se um dia

Ou. Ela está esperando que alguém olhe por uma das janelas do hotel e a veja. Talvez algum vendedor que passa pela cidade duas vezes por mês, que acabou de afrouxar o nó da gravata e abrir os botões da braguilha das calças de seu terno de trabalho, que está ali de pé com a fralda da camisa de fora, olhando a noite sobre a cidade, e — olha ali — ela a vê pacientemente esperando por ele, a, hmmm, a (como é que eles teriam se conhecido?) a tímida menina dissimulada que estava fazendo chás e cafés na conferência de vendas há dois meses, que flertou com ele e com quem ele flertou por sobre os sachês de açúcar, cuja virgindade ele acha que embolsou entre 10h45 e 10h50 da manhã na Sala de Conferências deserta atrás de uma alta pilha de cadeiras, rápido, porque ela tinha que voltar a servir na hora cheia e ele tinha que fazer uma demonstração logo depois do coffee break.

Ah, o amor. Else, que agora ri de rasgar a barriga, sabe bem. Passantes, por exemplo, ficam sempre pedindo para ela, como se fosse parte do trabalho dela fornecê-lo a eles em troca das suas moedinhas.

Algumas das coisas (a respeito do amor) que passantes disseram a Else ao longo do tempo:

Está a fim de me esquentar um pouquinho? (um homem em um terno de alfaiate)

Com licença. Eu estava aqui imaginando se uma nota de vinte libras em troca de um servicinho poderia te interessar... (um homem com roupas de jogging)

Eu estou tendo um dia horroroso. Eu, se penso... que não sei mais o que fazer. Eu sei... eu estou por um fio. Eu não tenho mais com quem falar. (uma mulher, agachada e falando perto da orelha de Else, estendendo os braços para ganhar um abraço enquanto falava. Depois Else pensou naquilo. Ela tinha deixado a mulher sentada daquele jeito com o braço enlaçado no seu por quase meia hora; ela tinha se posto à disposição dela porque fazia muito tempo que ninguém lhe dava uma oportunidade de pensar que estavam usando o seu nome assim desse jeito. Else, penso que não sei mais o que fazer. Else, eu estou por um fio.)

Tem certeza que não te interessa? Te dou cincão? (o homem do terno de novo)

Quantos anos você tem? Quer ir para casa comigo? (uma mulher com uma roupa elegante de executiva)

Quer entrar aqui na van, querida? Eu toco uma música para você. Não? Mesmo? Eu tenho aqui os picolés e tudo mais. Eu deixo você tirar uma casquinha. (dois homens da janela de um carro de sorvete parado no semáforo)

Você está bem? Hoje está meio frio. Tudo certo com você? Vê se fica quentinha aí (uma mulher algo jovem, só sendo simpática. Mas não é a mesma coisa? Else fica imaginando; no fim de contas não é tudo a mesma coisa? Chocolates e só ser simpático, variações do mesmo tema tilintante?)

Quanto é? (um menino, cerca de treze anos. Else viu que ele estava ficando corado por trás do cabelo raspado. Ela lhe cobrou dez libras, pegou o dinheiro adiantado e o levou ao edifício-estacionamento. Estava escurecendo; o nível D estava tranquilo e iluminado; lá, em meio ao cheiro de gasolina e de escapamentos, no piso de concreto entre os parachoques dianteiros e traseiros de uns carrinhos pequenos, urbanos: amor. Agora ele passa ocasionalmente por ela na rua. Está mais velho; anda com uns amigos cheios de acne usando camisetas com nomes de bandas americanas de metal. Cara de envergonhado, olha para o outro lado. Nunca a incomodam. Ele nunca lhe dá dinheiro.)

Alguém de uniforme saiu da porta giratória do hotel e está de pé na escada. Uniformes normalmente querem dizer vai andando. Else para, no meio de uma tosse. Fica completamente imóvel. Já viu aranhas e tatuzinhos fazerem a mesma coisa. Ela é boa nisso. Não vai ser notada.

Quando volta a ousar erguer o olhar a mulher com o uniforme do hotel está atravessando a rua entre os faróis dos carros velozes. Ela a vê chegar ao outro lado, ajeitar o casaco no meio-fio antes de prosseguir. Ela vê o quanto ela se aproxima da menina de capuz antes que a menina perceba, se ponha de pé e desapareça pela ruela ao lado do showroom do Mundo dos Tapetes mais rápida que qualquer pássaro que fuja de um gato repentino.

Mrd, Else diz em voz alta. A menina desapareceu. Ela cospe o catarro que estava segurando na língua para além do limite do forro do seu casaco. Ela olha para onde estava a menina. Merda. Começa a tossir, e a tosse rasga fundo o seu corpo até que ela se sente partida por dentro em um zigue-zague róseo e turbulento de desenho animado, como se tivesse a boca óssea dilacerada de um tubarão se abrindo da garganta até o

Tudo bem? Desculpa? Tudo certo?

Else abre os olhos. O tecido artificial do uniforme do hotel está sobre a sua cabeça. Reflete a luz da rua. Ela muda de posição. Começa a juntar as suas coisas.

Não, a mulher do uniforme diz, rápido, estendendo a mão. Não, está tudo bem, eu não sou. Fica bem aí, eu não sou.

Então a mulher se agacha ao lado de Else.

Else consegue ver a cabeça e o lado do rosto dela, bem perto do olho da própria Else; assim de perto, à luz do hotel, a superfície do branco do olho da mulher é rugosa e doentia. Else se contém. Mas a mulher sequer está olhando para Else; ao invés disso, está encarando fixamente o espaço vazio do outro lado da rua. A divisa bordada na lapela do seu uniforme diz, em tons de marrom e verde, HOTÉIS GLOBAL. Com pontos brancos no bolso do peito, palavras menores. A metade de cima do círculo diz: *no mundo todo*. A metade de baixo diz: *você é o nosso mundo*. Else imóvel encara o chão. Há pedacinhos de vidro quebrado e de caliça na dobra em que a parede do hotel e a calçada se encontram. Parte do vidro é verde, parte, branca. Ela pode ver no escuro. Perto dali, um pedaço de chiclete velho achatado em formato de moeda, parte da superfície da calçada. Tantas das coisas da rua estiveram perto de pessoas, foram íntimas delas, dentro da boca, até, antes de acabar aqui.

A mulher do uniforme é mais nova do que parece. Está cantando. Ela se vira para Else. Else desvia os olhos de novo. Quatro bitucas de cigarro, duas com filtro, uma com batom, uma sem filtro, branca e rasgada, com tabaco despedaçado vazando. Um feito à mão com a ponta fechada em um bico, ela própria uma boca manchada.

Elas ficam sentadas assim pelo que parece muito tempo para Else, que conta, catorze, quinze, dezesseis, os pontos do seu cobertor e os espaços vazios do crochê.

A mulher expira ruidosamente pelo nariz, como se estivesse se desafiando. Sacode a cabeça.

Else imóvel encara a sua própria manga. A sua mão. O bico da sua bota (o seu pé ali dentro, adormecido). A sujeira nas linhas entre as pedras da calçada. Uma pedra rachada; alguma coisa deve ter caído com força em cima dela; três rachaduras se espalharam a partir do centro. O seu próprio cuspe, vindo de dentro dos seus pulmões, logo ali, na luz que banha a pedra.

Escuta, a mulher diz.

Embora Else ainda esteja olhando para baixo e para longe dela, faz a sua cara de quem está ouvindo, só para garantir. Está sendo cuidadosa. Ela ainda não sabe qual é a do uniforme.

Quer um quarto para esta noite? A mulher diz.

Ah. Else não está surpresa, não mesmo. Muito pouca coisa a surpreende de verdade hoje em dia. Ela não abre a boca. Continua olhando para baixo.

Eu trabalho no Global, a mulher diz. Diz que de noite vai ficar ainda mais frio. Você já está com uma tosse bem feia; dá para ouvir lá da recepção —

Else se encolhe.

— e diz que vai dar menos seis de sensação térmica de noite. A gente tem um monte de quartos. A maioria está vazia. Você ia ser bem-vinda em um deles.

Bem-vinda, Else imagina a palavra, como se estivesse escrita em um capacho. Até parece. Agora ela vai ter que mudar de ponto porque as pessoas do hotel conseguem ouvir a sua tosse.

É claro que não ia te custar nada, ia ser de graça, a mulher com a roupa do hotel diz como se de repente tivesse ficado com raiva de si mesma. Você podia se esquentar. Você nem ia precisar pagar nem nada. Sem pegadinhas.

Claro, Else pensa. *Três coisas que vêm à mente de Else nos poucos segundos depois de ter ouvido a expressão Sem Pegadinhas:*

Dez anos atrás. Ela está em Londres. Chegou há poucos dias e quase não tem mais dinheiro. Está parada na frente da estação do metrô de Camden e um homem vem na direção dela. Ele tem uma aparência normal. Uma aparência, limpa, decente, como a de um membro do Partido Conservador. Tem dinheiro na mão; é um dinheiro recém-nascido que acaba de sair de um caixa eletrônico, nem está vincado. Ele diz que vai lhe dar aquelas três notas de dez libras que está segurando se ela simplesmente vier com ele até o seu quarto de hotel. Ela não precisa se preocupar. Pode confiar nele. Sem pegadinhas. Ele estende o dinheiro. Ela pode até sentir o cheiro do dinheiro, de tão limpo. Ela pega o dinheiro. O homem para um táxi. Ela não anda de táxi desde que era criança. Ela senta no assento comprido e o homem senta diante dela, naquele de dobrar. Ele parece distinto. Parece um pouco o pai dela. Ele a ignora. Eles descem do táxi em uma estação; King's Cross, hoje ela sabe; naquela época ela não sabia. Na frente da estação há uma lanchonete. Diante dela, escrita por cima das portas, uma lista de tudo que a lanchonete vende, letra a letra, emendadas. Ela aponta isso para o homem enquanto esperam para atravessar a rua. *Olha*, ela diz, SALADASTORTAS. É engraçado. Mas o homem não está ouvindo. Ele a pega pelo ombro quando atravessam a rua e, ainda agarrando-a pelo ombro (ela vai ficar com as marcas por cerca de uma semana depois disso), ele a puxa por uma rua lateral e toca um interfone em uma porta em uma parede. Alguém em algum lugar lá dentro aperta uma outra coisa que abre a porta. Ele a empurra para dentro. As escadas têm cheiro de desinfetante. Dois lances de escada depois ele abre outra porta com uma chave e a joga para dentro do cômodo. Há um homem parado junto da janela. Não há mobília no cômodo, tapetes, nada, nem uma cadeira. *Manda ela sentar*, o homem da janela diz. *Eu dei trinta libras para ela*, o primeiro homem diz. Ele a encara fixamente. Só dá para sentar no chão. Ela senta rapidamente. O homem em silhueta com a janela atrás de si a está examinando. Ele vem até ela, acenando com a cabeça, murmurando baixinho. Quando está bem junto dela ele põe a mão dentro do sobretudo e tira algo dali. É um livro. Ele abre o livro e estende a mão sobre a cabeça dela, a centímetros do cabelo. Ele tem cheiro de loção capilar. Durante horas, enquanto ela observa a luz mudar, de luz matinal a vespertina e quase noturna, os dois homens se revezam em cânticos acima dela com o livro aberto sobre a sua cabeça. Eles pedem que seja salva e seja perdoada. Falam dela como se não estivesse ali. Ela levanta e sai quando um precisa ir ao banheiro e outro está em um tipo de transe. A porta automática bate atrás dela e ela está de volta à rua. Pessoas passam por ela. Ninguém olha para ela. Ela vomita em uma lixeira. Imediatamente depois disso sente fome. Voltando para a fachada da rua principal, ela pede um kebab na lanchonete. Estende uma das notas de dez libras e põe o troco no bolso, onde as outras duas notas estão dobradas. A *placa de vocês é engraçada*, ela diz ao homem que está cortando a carne do espeto giratório. Isso é quando ela ainda conseguia dizer palavras inteiras. A *placa de vocês. Diz que vocês vendem saladas tortas. Saladas. E tortas. Mas está escrito tudo junto na placa, e aí parece saladas tortas*. O homem não entende. Ele olha para ela só uma vez, quando lhe entrega a comida. Tem gordura de kebab no bigode. Deve ser um bom lugar para trabalhar, se ele até pode comer ali.

E: ela está com catorze anos e acaba de voltar da escola. São quatro horas e o senhor Whitelaw e ela estão fazendo sexo na sala de estar. Ele estava aqui quando ela chegou em casa. Ele esteve ali, ele lhe disse, a tarde toda, instalando as persianas da mãe dela na casa toda. Ele tem seus quarenta anos. Parece Patrick Duffy em *Dallas*, só um pouco mais grisalho. A mãe dela está no andar de cima, tomando banho. Ela não vai poder ouvir nada por causa do aquecedor. *Meu deus*, o senhor Whitelaw está dizendo. O rosto dele está reluzente de suor, a testa enrugada. As rugas a fazem pensar no sistema de irrigação da agricultura escocesa da aula de história. Os olhos dele estão presos a alguma coisa logo acima da cabeça dela. Está passando *O Pica-pau* na televisão, ao fundo. Ela ouve a música e o barulho de furadeira que o pássaro faz quando ri. Ocorre a ela que o senhor Whitelaw pode estar assistindo o programa por cima do ombro dela. *Meu deus*, ele diz de novo, como se odiasse aquele desenho. Então ele diz: *Elspeth. Solta. As minhas costas. Você está apertando demais. Não segure. As tuas unhas estão. Meu deus. Solta. Sua. Puta que pariu.* Ela está fazendo errado. Está segurando forte demais. Ela tem que segurar mais devagar. Não há como ela pensar no jeito certo de fazer. Aí ela lembra a marionete da Branca de Neve que está pendurada atrás da porta do seu quarto. Ela imagina como seria se ela a tirasse do gancho e a colocasse na cama com os braços e as pernas soltos nas cordinhas. Ela faz de conta que os seus braços e pernas são desse jeito, nada a ver com ela, só podem ser operados de cima. Isso. Mesmo, o senhor Whitelaw está dizendo. Ele raspa o corpo dela contra o veludo, para a frente e para trás. Ela pensa no nariz da boneca, feito de um tubinho de madeira colado. Existe um boneco Pinóquio feito pelo mesmo pessoal que faz a Branca de Neve. Ela fica com vontade de rir, quando pensa no nariz e pensa no senhor Whitelaw pulando para fora do macacão quando ela entrou pela porta. Ela precisa não rir. Ela tenta pensar em algo diferente. Eu tinha cordas, mas agora elas desapareceram, ela pensa. Eu não tenho mais cordas. Ela pensa ao ritmo da música saltitante do desenho enquanto a sua cabeça bate contra o braço do sofá. *Ah*, o senhor Whitelaw está dizendo. *Isso mesmo. Elspeth. Assim. Está.*

Então: ela e Ade estão caminhando em Bristol no meio da noite. Estão perto do morro de Brandon quando encontram um velho estendido meio na rua meio na calçada. Está bem bêbado. De início eles não conseguem entender o que ele está dizendo, por causa do sotaque. *As minhas pernas*, ele está dizendo. *Eu não consigo levantar. As minhas pernas não estão funcionando. As suas pernas estão ótimas*, Ade lhe diz. *Anda, vamos*. Eles o põem de pé. Ele cheira a uísque e couro novo. Eles o seguram de pé com os braços em volta dos ombros dele. *Eu não consigo andar*, ele fica dizendo o tempo todo enquanto eles o levam para casa. *As minhas pernas desistiram de mim*. Ele lhes diz que tem setenta e dois anos e lhes diz onde mora. *Vocês são uns anjos, de verdade*, ele diz. *Vocês me devolveram as minhas pernas. Querem entrar para comer um biscoitinho? Eu tenho uma caixa tamanho família*. Ele mora em um cômodo em um conjunto de cômodos. Ele acende a luz depois de entrar. Em um dos cantos há uma privada com uma cortina que serve para cercá-la. Uma pia, e uns moldes para bolo na outra ponta. Há uma cama no meio do cômodo. O velho cai em cima dela. *As minhas pernas*, ele diz, *não estão funcionando direto mesmo*. Os olhos de Ade estão esbugalhados, encarando. Ele aponta para as pernas do homem, penduradas da beirada da cama. O homem está usando longas botas de caubói com as calças por dentro. São brilhantes; elaboradamente costuradas; o couro tem cor de ocre e não está enlameado. Têm franjas no joelho e no tornozelo. Em questão de minutos o homem está dormindo e roncando. Ade tira cuidadosamente as botas das pernas do homem. Eles decidem passar a noite ali; Ade acha que o homem não vai se importar. Há um pedaço de carpete cortado, bem grande, ao lado da cama; ela e Ade quase conseguem caber ali, embora os pés de Ade estejam sobre o linóleo e os dela também fossem estar se ela os tirasse dos tornozelos de Ade. Ela dobra os dedos dos pés. Passa o pé pelas pernas de Ade; ela sente como são peludas, e como são rijos e bons os seus músculos, estendidos no comprimento do corpo dele. De manhã, quando acordar, a primeira coisa que ela vai ver são as velhas botas gastas de Ade ali ao lado das incríveis botas de caubói. As botas de Ade têm o formato dos seus pés. Amarradas pelos ilhoses, o cordão verde e encerado que mantém as botas nos pés de Ade tem nós nas pontas para não desfiar. Naquela manhã ela vai esticar o corpo inteiro no pedaço de carpete cheio de migalhas e bocejar, Ade respirando na sua orelha, e vai olhar o sol mover a sua luz pelos dois pares de botas. Ela vai lembrar isso tudo, aquela manhã, aquele sol, aquelas botas, como um dos momentos da sua vida em que foi completamente feliz.

De novo agora. A mulher com o uniforme do hotel está dizendo alguma coisa mas Else está tonta e não consegue ouvir direito. Ela olha para os sapatos da mulher. São recentes e elegantes; têm solas grossas daquele tipo de plástico injetado que parece industrial e pré-histórico ao mesmo tempo.

A mulher levanta. Ela se detém, se curva novamente e apanha alguma coisa. Toma, ela diz a Else, estendendo a mão.

Entre o seu polegar e o seu indicador está a moeda de um pence que Else não conseguia alcançar.

Else acena com a cabeça, pega a moeda.

É sua, a mulher diz. A que escapou. Quase.

A mulher endireita as costas, e vai embora. Para de novo no meio-fio por um momento, monitorando a rua, para cima e depois para baixo.

Tchau, ela diz por cima do ombro para Else.

Ela volta rua acima e escada acima e desaparece pelas portas do hotel. O vidro giratório cintila, escuro e luz e escuro e luz de novo. Else segura o penny sobre a pilhinha de troco junto do joelho. Ela o larga. Ele dá um só tinido quando atinge as outras moedas.

Alguém passa, carregado de compras.

(m trcd, pr fvr?)

Não adianta. Não tem mais ninguém por ali. Else cobre o

dinheiro com a borda do cobertor. Puxa um dos pés que estava embaixo dela, devagar. Depois o outro, devagar. Ela precisa parar de tossir. Tenta tossir silenciosamente, porque as pessoas estão ouvindo no hotel. Ela se põe de pé se apoiando contra a parede do hotel atrás de si. Está tonta; cospe. É sempre assim quando ela levanta depois de ficar sentada. Ela retoma o fôlego e espera o trânsito diminuir, e então parte. O meio-fio; lembre de descer um degrau. Um passo, depois outro, depois outro, depois outro, depois outro; metade do caminho. Um carro; espere. Outro carro. Agora. Um passo depois outro depois outro, continue. O meio-fio; subir um degrau.

O coração de Else dá um salto de puro deleite. Ela tosse. Ri. A menina deixou o banheiro e o dinheiro ainda está ali.

Ela se afunda no degrau e conta. Nada mau, cerca de trinta e dois, trinta e três. Trinta e três paus em tão pouco tempo, vai indo bem. Dez vezes mais do que Else ganhou. Aquela menina podia ter ganhado ainda mais se tivesse mostrado o rosto para eles. Mesmo assim. Mesmo assim. Foi um bom dia, Else pensa, um dia pleno de sorte, pelo menos até aqui.

Daqui deste lado da rua é impossível você não ver o hotel. É como se a rua existisse só para o hotel estar nela. Está ali imóvel diante dela como um imenso cão obediente. Está iluminado por dentro; holofotes espalhados por toda a fachada lhe dão uma aparência rica, cara e estranha. Mastros de bandeira se projetam dele sem qualquer bandeira; as bandeiras vêm só no verão, para os turistas, Else supõe. Com os seus toldos de cada lado da porta, o prédio tem como que um rosto. Os toldos são as pálpebras, com a palavra GLOBAL em uma cicatriz que cobre os dois. Na medida em que o prédio sobe, as janelas diminuem. Algumas estão acesas. Nenhuma está aberta. Cortinas caras tornam todas elas dramáticas. Ela consegue ver as luminárias padronizadas entre as cortinas. Em torno do térreo, na frente do hotel, há cercas pontudas pintadas de branco. Else lembra uma menina da escola que tinha uma cicatriz embaixo do queixo por ter caído em uma cerca; uma das estacas tinha atravessado o queixo dela, e a boca e a língua. Ela tinha levado pontos.

A porta dianteira do hotel, enorme mesmo em comparação com a maior das janelas, tem entalhada a cabeça de uma criança ou de um anjo ou cupido na pedra angular do seu arco. Da cabeça sai uma asa emplumada, uma só, penas espalhadas pelos dois lados do rosto como uma barba complexa. Um homem algum dia esteve ali entalhando aquele rosto, fatiando pedaços de pedra como se a pedra fosse bolo ou pão. O prédio do hotel tem uma aparência bem velha. Else fica imaginando quanto pagaram ao homem. Muito. O bastante. Moedinhas, então. Ela imagina onde a pedra que foi removida para fazer a cabeça e as suas penas, e as outras curvas entalhadas em torno das portas e das janelas mais baixas, foi parar no final.

Ela começa a apanhar o dinheiro. Escura de inverno, fria de inverno, vazia de inverno a cidade. As ruas ficaram vazias. Ela não vai ganhar mais nada hoje à noite.

Está começando a chover.

Ela podia mudar de ponto para a frente da locadora se alguém já não estiver por lá.

A mulher do hotel disse que ia esfriar mais. Já está frio o bastante para Else estar sentindo.

Ela podia ir para o abrigo de inverno. *As regras do abrigo de inverno são as seguintes:*

a. Este Abrigo de Inverno é apenas para o uso de pessoas que de outra maneira teriam de dormir ao relento.

b. Não são permitidas drogas ou álcool nas dependências do Abrigo de Inverno.

c. Espera-se que os usuários do Abrigo de Inverno se comportem adequadamente durante sua estada.

d. Solicita-se que os usuários se comportem com respeito e consideração para com nossos vizinhos em seu trajeto de entrada e de saída do Abrigo de Inverno a cada dia.

e. O Abrigo de Inverno abre às 5 da manhã e fecha às 9 da noite. Será solicitado que os usuários deixem o Abrigo às 9 horas da manhã seguinte.

Else só usa o abrigo em caso de força maior. É um quarto cheio de um sono ensurdecedor, da tosse, dos roncos e gritos de dezenas de pessoas em seu sono ou sem ele. Os edifícios-estacionamentos (você pode escolher entre três deles) são melhores, mais tranquilos, podem ser bem quentinhos, depende, e você tem menos probabilidade de ter de falar com alguém ou fazer sexo com alguém, dependendo de qual segurança esteja de plantão. Ali não há nada além do brilho dos carros vazios e das manchas de óleo onde carros estiveram e estarão. Você pode confiar que os andares de cima vão estar quietos depois das onze da noite até as sete da manhã. Muitas vezes você acha dinheiro lá. Cai dos bolsos ou das mãos das pessoas procurando troco para a máquina que vende os bilhetes. Têm luzes que ficam acesas a noite inteira. Muros baixos que cortam o vento. Bons lugares para se encostar. Têm câmeras; é seguro. Ninguém te incomoda, dependendo.

Ela tem escolha.

A cabeça voadora da fachada daquele hotel. E se a gente pudesse criar asas que nem cabelo? Ia ser uma coisa, se a cabeça pudesse se separar do corpo e voar por aí sozinha. Else fica imaginando onde a cabeça dela iria, se pudesse arrancá-la e segurá-la nas mãos e depois arremessá-la para voar, deixando o seu peito e o seu estomago e as suas pernas e os seus braços que acenavam dando adeus, a sua cabeça pairando sozinha passando pelos amontoados de estorninhos congelando de frio. O céu se abriria. O seu teto sumiria. Ela ia tomar tanto cuidado lá em cima. Ia evitar os aviões. Ia se empoleirar no seu toco de pescoço bem no alto das árvores, ia aterrisar na ponta do mastro da bandeira (com cuidado para não deixar a ponta furar o seu queixo) e não ia olhar para baixo. Ia monitorar o solo. A cidade inteira estaria abaixo dela.

Lá embaixo, lá longe, ela vê os seus restos; o saco de dormir, o cobertor, os frutos de um dia de trabalho. O lugar onde se senta todo dia está empilhado como um equívoco, como lixo, contra a borda do hotel.

Ela para a imaginação. Isso vai deixá-la louca.

Um táxi para. Alguém desce e paga pela janela aberta, sobe a escada do hotel e atravessa a porta.

Ela podia ficar no hotel.

Hoje ela podia ficar no hotel.

Aquela mulher que lhe ofereceu o quarto do hotel; nunca é tão arriscado, uma oferta de mulher, quanto as dos homens. Isso é mero bom senso. As mulheres não são tão fortes, normalmente, e de qualquer maneira elas têm menos chance de engrossar com você, embora a chance de estarem mentindo seja exatamente a mesma. Mas ela podia verificar antes. Ela podia fazer um barulhão se não fosse legal. Há de ter mais gente em um hotel. Um hotel tem funcionários que têm que limpar os quartos, ou pelo menos de vez em quando eles limpam. Sempre teria alguém por ali, afinal, se ela estivesse encrencada.

Sem pegadinhas. Quem é que vai saber o que isso quer dizer?

Pode querer dizer dinheiro.

Pode querer dizer algo ruim.

Pode querer dizer algo bom.

Pode até ser um disfarce, uma abreviação, para algo que pudesse deixá-la feliz.

Ou pode querer dizer alguma coisa que ela não conhece, ainda não pode saber, algo mais, eu sei. Algo mais, Else. E não há como negar que tem sido um dia de sorte, até aqui. Ela se inclina para trás, se estica para tocar o caixilho da porta do showroom de tapetes. Bater na madeira. Vem sendo um dia bem bom. Qualquer que seja o jogo, pode valer, no fim, um quarto só dela com uma cama para esta noite.

Ela larga o dinheiro da menina em punhados no bolso do casaco, onde ele cai sobre o forro.

Ela vai atravessar a rua e pegar o dinheiro que dobrou embaixo do cobertor e colocar também no bolso. Aí ela vai andar rua acima como alguém que vai passar a noite num hotel. Ela vai passar por baixo da grande cabeça voadora. Agora ela não consegue mais saber se está só imaginando, enquanto empurra a porta giratória e adentra a rajada de calor e o aroma de carnes e molhos que é o ar de um hotel. Ninguém a detém. Ela está andando em um carpete que afunda como lama graciosa, passando por cadeiras que são tão grandes quanto ela. Ninguém a deteve ainda. O balcão da recepção chega até os ombros dela. A pessoa atrás do balcão está ao telefone. Ela parece diferente, mais amedrontadora, sob a luz. Está falando muito alto, e com um sotaque que foi podado até virar um estilo. Alguma coisa está podando as suas palavras na medida em que saem da boca. Else imagina que a poda está sendo feita por tesouras em zigue-zague; tiras estreitas de matéria irrelevante eliminadas, com bordas dentadas macias, das palavras da recepcionista, caindo e tremulando até o chão e aterrissando à volta dos pés dela embaixo do balcão da recepção, como as bolhas de fala que saem das bocas das pessoas em desenhos animados e em pinturas sacras desenhadas e pintadas há séculos.

A recepcionista aperta um botão, afasta o aparelho de si e se vira.

Pois não? Ela diz.

Então ela diz, Ah. Ah. Certo. Eu posso, posso ajudar?

Else limpa a garganta e engole.

Um quarto? a mulher diz. Para esta noite?

Else faz que sim.

A mulher lança um olhar por cima do ombro; ela parece mais jovem quando faz isso, e nervosa. Então ela devolve o aceno de cabeça, um só.

Para uma noite, ela diz muito alto. Certamente, madame. Se a senhora puder apenas esperar um momento.

Ela digita alguma coisa em um computador, depois digita outra coisa. Aperta um botão. Uma campainha toca em algum lugar no fundo de um corredor. Else se prepara para correr para a porta. Nada acontece. A mulher se ergue e procura uma chave atrás de onde está.

Else sufoca uma tosse que cresce. Ela vai fazer seu peito explodir. Mas ela segura. A mulher espera, mãos no balcão, até Else estar pronta. Else vê que ela está usando uma divisa com quarto letras L.I.S.E. Ela fica imaginando o que isso abrevia.

Quarto doze, a mulher diz. O café da manhã em nosso refeitório está incluído no preço.

Quando o pânico atravessa o rosto de Else a mulher sacode a cabeça, só um pouquinho. Ela segue recitando. Por favor não hesite em chamar a recepção se houver qualquer coisa que possamos fazer pela senhora. Nosso mensageiro fará questão de acompanhá-la até seu quarto. Nós do Hotel Global esperamos que sua estada conosco seja a melhor possível.

Ela está estendendo uma chave. Else pega a chave. Está presa a um peso muito maior que ela. O peso é maior que a mão e o pulso de Else.

Pt q pr, Else diz.

Um raio de deleite, como leite e mel, atravessa o rosto da recepcionista.

Primeiro andar, ela diz, sorrindo.

Else entrou. Está deitada na banheira olhando para as torneiras.

Ela olhou os potinhos de xampu e de coisas de banho, tão parecidos com as cores fortes e não ameaçadoras dos remédios de crianças que ela já abriu um e provou com a língua, como se ele pudesse melhorar a sua tosse. Ela olhou a brancura da flanela e do aro de papelão em volta, com o G de *Global* impresso. Alguém em uma fábrica ou uma oficina em algum lugar embrulhou o sabão com papel de modo que para usá-lo você precisa desembrulhá-lo como se fosse um presente. Há bolas de algodão, e cada uma está embalada individualmente. O fato de elas estarem embaladas individualmente deixa Else muito triste. Agora ela não consegue parar de olhar para as torneiras.

Essas duas torneiras nunca foram menos que esplendorosas. Todo dia alguém entra aqui e as esfrega até ficarem novinhas em folha de novo. Em cada uma das suas curvas argênteas, nos seus bicos longos e nas pontas arredondadas dos seus reluzentes comandos esteliformes, ela consegue se ver tomando banho, distorcida, rosada e borrada, espremida, pequena e apertada no reflexo. Ela tentou achar isso engraçado. Uma pigmeia. Uma aberração de circo. Mas ela avulta imensa sobre si própria, pequena e deformada.

A água se acumula no lábio inferior de uma das torneiras, forma uma gota e cai — ela não pode não cair — na água da banheira, onde se torna mais água de banheira. A água corre pelo rosto de Else e pelos seus seios e faz a mesma coisa. Onde ela cai na água ela se torna a água.

Else se encolhe no canto da banheira e olha as torneiras e ela própria, encolhida nelas.

Mas que tosse ela deu, das boas, uma das melhores; mas não antes de o menino/homem com o uniforme do hotel, que manteve os olhos baixos durante todo o trajeto até a escada e por todo o carpete do corredor, ter saído e de a porta ter sido fechada e trancada atrás dela, apenas ela e as quatro paredes e o banheiro, um cômodo a mais, inteiro, atrás de uma porta só sua. A sós no quarto ela rugiu e se esgoelou como um leão. Ela corcoveou e se atirou sobre a cama exuberante; tinha doído para caralho, como ela imagina que um parto deve doer. Dar à luz uma tosse. Parabéns! Orgulhosa genitora de catarro e meleca, gêmeos, ela tosse uma risada. O barulho que ela faz ecoa no banheiro e a deixa assustada. O não ar quente do quarto tinha ajudado, coçando a sua garganta como uma pluma adoentada. E depois a satisfação de tossir em um cômodo em que não há mais ninguém, deixar-se ir de verdade no silêncio de um lugar que seja seu, um lugar onde não há gente para ficar encarando (ou não ficar encarando, o que, em certos dias, é pior). A pura satisfação cada vez maior de dragá-las do fundo, as suas entranhas velhas e amarelas, para dentro da boca e dali para fora, escarrando-as na água da privada, ouvindo-as cair como que numa escarradeira e observando-as afundar e dando-lhes a descarga, para longe; isso foi bom; foi muito bom; assim que a porta se fechou ela tinha se atacado com um martelo como quem martela uma rocha, e quebrado a pedra e cuspido a pedra, mandou tanto quanto conseguiu para dentro da boca limpa da privada dos ricos e agora, deitada na banheira, com as roupas no chão em uma pilha suarenta e o suor correndo pelo corpo, ela está exausta, ainda fraca, dolorida em todos os músculos depois disso tudo, mas valeu a pena, ah valeu.

O quarto do hotel é uma coleção de coisas, todas combinadas. Há uma geladeira com bebidas e chocolate dentro; na frente dela Else leu o aviso: *Bem-vindo a seu Frigobar Global. Este Frigobar é equipado com laser. Qualquer coisa removida dele por mais de vinte segundos será automaticamente registrada em sua Conta. Você pode encontrar uma lista dos preços de nosso Frigobar em nosso folheto Global de Informações. A Global solicita que você não guarde nada seu no Frigobar, já que isto disparará o sistema a laser. Hotéis Global. No Mundo Inteiro*. A cama é boa. Cheira a um tipo de limpeza a que nem mesmo lojas cheias de coisas que ainda não foram usadas por ninguém cheiram. Um pequeno cartão dobrado sobre o travesseiro diz: *Por favor disque 0 para solicitar a vinda de um dos membros de nossa equipe para preparar sua cama quando estiver pronto para se recolher. Hotéis Global. Você é o Nosso Mundo*. Else ficou imaginando quando leu se isso era porque havia tantas cobertas; que a cama, tão cheia delas, requer duas pessoas se você quer dobrá-las. No quarto há um tapete, e xícaras com Gs; uma chaleira, um bule de chá e sachezinhos de café e chás. Há diversos tipos de chá. Else olhou em uma gaveta. Havia um secador de cabelos.

Atrás da porta, *Diária e Tarifas. Hotéis Global. No Mundo Todo*. Um espelho imenso. Else não olhou. O quarto tem sete luminárias diferentes. Else acendeu só uma. Pendurado no guarda-roupa, mais branco que um fantasma, um vestido feito de toalha. No fundo do guarda-roupa, um pedaço de tecido com uma foto de um par de sapatos. Um pedaço de papel. Else leu na banheira. *Serviços, Nome... Quarto...* LAVANDERIA, *terno £10.50, Traje £8.40 Paletó Calças Sobretudo £5.40 cada peça Sobretudo £10.80 Parca/jaqueta £5.80 Tricô £3.90 Vestido — dia*

£5.00 *noite* £9.00 *Saia — simples* £4.00 *pregueada* £7.00 *Blusa de seda/camisa* £6.00 *Gravata* £3.00 *colete* £4.90. O papel está no piso do banheiro perto das suas roupas, molhado pelas suas mãos por ela ter lido na banheira. Else vai ter de secá-lo (ela pode fazê-lo com o secador de cabelos) antes de colocar de volta no guarda-roupa.

Depois que o homem/menino que tinha lhe mostrado onde ficava o quarto fechou a porta, Else ficou junto da parede do quarto. Depois de alguns minutos ela sentou na beira da cama. É uma cama alta; os pés dela ficaram fora do chão. Ela ficou ali sentada um pouco, lendo sobre as coisas que você pode comer aqui hoje à noite. Terrina de joelho de porco salada com pancetta taglione de camarão c/ alho e parmesão carne de caça salsichas purée de batatas grand marnier e parfait de frutas da estação. Aí tinha começado a tossir. Aí, quando tinha acabado de tossir, ela tentou abrir a janela, mas ela não queria abrir, ou ela não conseguia. Aí ela decidiu tomar um banho. Ela tinha tirado as botas, meias, jeans, casaco, a blusa de cima, a outra, a saia, a anágua e o colete, e tinha carregado tudo até o banheiro, onde podia ficar de olho na roupa.

Agora ela está na banheira do hotel, olhando as torneiras.

Ela já foi importante antes de agora. Não é a primeira vez que ela é, e não são só as pessoas nos hotéis que são. Teve aquela jornalista no ano passado, ou retrasado, na primavera, que trouxe um fotógrafo com ela, que estava fotografando as coisas que as pessoas da rua têm nos bolsos. Else esvaziou os bolsos na calçada e o sujeito fotografou as coisas. A fotografia era para o jornal de domingo. Os conteúdos dos bolsos de Else podem ter sido vistos por milhares de pessoas. A jornalista tinha anotado o nome de Else; as pessoas que liam o jornal teriam lido aquilo também além de verem as coisas da foto; a palavra do nome dela e a fotografia do que era dela teriam passado pelos olhos e entrado nos cérebros e talvez nas memórias do que poderiam ser milhões de pessoas.

Ela tinha esquecido aquilo.

Ela não tem mais nenhuma daquelas coisas, as que tinha no bolso naquela época.

São só torneiras. São só umas torneiras estúpidas, caralho. Elas só podem fazer o que você manda elas fazerem. Elas não conseguem fazer nada mais, eu sei. Nada mais, Else.
Ela estende a mão e gira a manopla da água quente. Gira até o fim. A água vai subindo pelo corpo dela. Quando já está quente demais para ficar na água ela levanta, deixando a torneira aberta, e quando o nível da água chega à borda da banheira ela estica o braço para puxar o tampo do ralo. A corrente está quente demais ao toque. Ela enrola a mão em uma das meias, coloca-a na água e arranca o tampo da água e a sua mão da meia o mais rápido que pode. Quase na mesma velocidade com que a água está saindo da banheira, a torneira está arremessando mais água de volta nela. Ela senta nas suas roupas no banheiro tomado pelo vapor.

Decidiu não usar as toalhas; são brancas demais, dobradas em grossas cunhas em uma prateleira de vidro perto da privada. No quarto, ela se enxuga com a blusa. Larga a blusa molhada sobre o aquecedor.

Alguém no quarto ao lado ou no quarto de cima está assistindo televisão. Else ouve vozes abafadas se revezando e música abafada se atropelando e sem fazer qualquer sentido. Há chuva na janela. Ela acende a luz. Se aquela menina do capuz cujo dinheiro ela agora carrega estivesse sentada lá do outro lado agora, ia ver Else sem roupas de pé na frente da janela.

Isso talvez valesse trinta paus, Else pensa.

Não há viv'alma na frente do Mundo dos Tapetes. Não há

quase ninguém na rua noturna. Passa um carro; o seu motor não é mais que um ruído deslizante.

Else se dá conta de que as janelas do hotel são mais grossas que as janelas normais. Elas não abrem.

Ela está com calor.

Ela olha outro carro passar. Os faróis dos carros são sempre mais claros em uma rua molhada. As palavras iluminadas da placa de neon do Mundo dos Tapetes na vitrine no showroom soltam cores na calçada coberta de chuva; laranja, vermelho, amarelo; uma chuvinha gelada, quase neve, amassa as cores. Ela fica imaginando qual seria o som, parada atrás do vidro do showroom, se dá para ouvir a chuva dali, se os carros que passam vão fazer mais barulho. Ela imagina dormir uma noite no showroom. Ia ser uma coisa. Ia ser fresco e ventilado lá. Você podia escolher um padrão diferente de tapete para dormir a cada noite. Você podia escolher com a luz que vem da placa de neon. Você podia desenrolar tapetes em que ninguém jamais pôs os pés, ser a primeira pessoa da história a pôr os pés neles.

Mas e o cobertor e a bolsa dela na chuva? As coisas dela vão ficar molhadas.

Ela podia descer e ir pegar.

Ela podia descer e ver se o showroom tem uma porta dos fundos, ou uma janela nos fundos. Ela podia ir até lá agora. Os rolos de tapetes vão até o teto. De tanto tapete que tem lá.

Quando a blusa e a meia dela secarem ela vai. Vai pegar as suas coisas, e se não tiver como entrar no showroom pelos fundos ela vai até o edifício-estacionamento na rua Bank.

Mas primeiro ela podia sentar na cama e contar o seu dinheiro. Ela podia empilhar as moedas, pennies separados das de dois, as de dois separadas das de cinco, as de cinco separadas das de dez, as de dez separadas das de cinquenta, as de cinquenta separadas das libras em uma linha bem arrumadinha, como um contador em um conto ou um romance de cem anos atrás quando contar pennies era tão importante que personagens inteiros podiam ser criados só para isso.

Else senta na cama nua, segurando o casaco, o seu forro pesado de metal miúdo. Ela deita de costas. A sua cabeça está sobre almofadas firmes. Há suor na sua testa, ou água da banheira, ela não sabe dizer. Ela fecha os olhos. Dentro da sua cabeça ela ainda pode ver as coisas que a fotógrafa fotografou, as coisas de dentro dos seus bolsos, dispostas na calçada. Ao lado delas, o seu nome. ELSPETH. Ela não tinha dado o segundo nome a eles.

Coisas dos seus bolsos na fotografia do jornal de domingo:

O grampo de roupa de plástico azul.

O lápis que ela achou na frente da casa de apostas.

Aquele cartão-postal, ainda que tenha ficado dobrado e vincado, que ela tinha mandado para a sua mãe e o seu pai quando foi a Veneza, de um sujeito em uma gôndola; um postal de estilo antigo, com as cores todas naquele tipo de brilho falso.

Um pouco de cabo de detonador, enrolado.

A caixa de fósforos.

A colher de chá.

O pente.

A moeda de dez pence.

O gosto da prata, metálico, gosto de catarro.

A torneira ainda está aberta, bem aberta, no banheiro. Soa como uma chuva pesada. Daqui a pouco ela vai abrir os olhos, vai levantar e sair. Ela puxa o casaco para cima do corpo. Dentro dele as moedas pequenas ganham peso, caem em torno. Ela enfia os pés sob o casaco. Embora esteja quente no quarto, de alguma maneira também está frio.

O corpo dela está pulsando. Ela pode sentir. Ela pode ver. Ela pode até ver o seu sangue, andando por dentro dos olhos, na junção de luz e trevas. As suas íris por trás das pálpebras florescem e fecham ao ritmo da sua pulsação como botões de flores sensíveis à luz filmados em velocidade acelerada ou os sensíveis diafragmas das câmeras.

FUTURO CONDICIONAL

Sobre você – continuação.

Se você precisar de ajuda para preencher este formulário, ou parte dele, ligue para 0800 88 22 00.

Queremos saber mais sobre você.

Bom. Eu sou uma pessoa bacana.

Era o futuro, algum momento nele. Lise estava deitada na cama. Essa era praticamente a história toda.

Daqui a pouco ela ia sentar. Então, depois de ter se recuperado de ter sentado ela ia tentar achar o lápis nas dobras da roupa de cama, e aí ia escrever as palavras no formulário.

Depois disso ela ia riscar a palavra bacana e escrever por cima dela a palavra doente.

Eu sou uma pessoa doente.

Era isso que ela ia fazer. Ia mesmo. Daqui a pouco. Quantos minutos havia em uma hora? Era uma coisa que antes ela sabia, simplesmente sabia, como as pessoas simplesmente sabem certas coisas. Quantas horas em um dia, e semanas em um ano? Era o tipo de coisa que as crianças sabiam, o tipo de coisa que ninguém espera que você esqueça durante a vida. Mas hoje em dia tinha dias em que ela não lembrava quantos meses devia haver em um ano. Ou que mês era agora.

Era verão, agora, então era um dos meses do verão, no meio. Ela não sabia ao certo qual, ou quais dos meses tinham trinta dias, e quais tinham trinta e um, e quais tinham trinta e dois. Nem mesmo qual dia da semana era hoje. Amanhã ela (talvez) ia conseguir saber.

Mas, hoje, uma coisa que ela sabia com clareza era:

Mazola
Simplesmente óleo de milho
Mazola
Deixa o sabor aparecer
Você não sente o gosto do óleo
Só sente o gosto da comida
Com Mazola.

A voz que estava cantando a música do Mazola dentro da cabeça dela, a mesma voz de mulher que cantava anos atrás nos intervalos entre os programas, pelos buracos de volume furados no lado da televisão, era amistosa, reconfortante. Mazola deixa o sabor aparecer. As imagens da garrafa de óleo e depois das mãos de uma senhora, delicadas e cheias de anéis, soltando batatinhas fritas sobre toalhas de papel e depois sacudindo-as dali, demonstravam imediatamente a milhões de pessoas o quanto aquelas batatinhas não eram gordurosas, como deixavam pouco óleo no papel.

Lise soltou o ar. Depois puxou o ar.

Lise estava deitada na cama, no seu quarto, em um conjunto de apartamentos alugados, no sexto andar, por trás de janelas que davam para as paredes de outros blocos. Acima e abaixo dela, as pessoas seguiam as suas vidas. Raspavam banquinhos de cozinha no chão, abriam e fechavam portas de entrada, ligavam e desligavam televisões e rádios e gritavam recados através das paredes dos cômodos para aqueles que amavam ou com quem viviam. Do lado de fora, no mundo, as pessoas ainda caminhavam de um lado para o outro e faziam coisas. Por exemplo, iam fazer compras. Elas conseguiam entrar em uma loja e não se sentir tontas ou desorientadas ou fisicamente estranhas apenas em função da quantidade de coisas disponíveis para comprarem enfiadas todas dentro de um só espaço coberto, com o barulho das caixas registradoras cuspindo recibos pelas coisas compradas e as cores de todos os produtos que era possível comprar rodopiando prateleiramente de uma gôndola à outra.

Prateleiramente. Essa palavra existia de verdade? Ela não lembrava. Não tinha certeza. Piscou. O preto desceu nos seus olhos junto com as pálpebras, e se ergueu de novo. Por trás da pele e do osso da parte da frente da sua cabeça a música do Mazola começou de novo. Mazola, simplesmente óleo de milho.

Lise estava deitada na cama. Era isso que ela estava fazendo. Tinha alguma coisa que ela precisava escrever. Ela estava esperando lembrar. As ideias estavam lentamente se desenterrando no seu cérebro, como turfa revirada por alguém que ela podia discernir só num horizonte distante, na beira de um campo recém-arado, uma pessoa que a distância tornava tão pequena e que a idade ou a fadiga deixavam tão lenta que ele ou ela mal conseguiam erguer a pá.

Lise estava no fundo do poço.

Poço: uma palavra que não tinha fundo, que descia a profundidades que as pessoas que estavam bem estimavam, só para se divertir, jogando moedinhas e depois se inclinando com a cabeça sobre a boca do buraco e as mãos espalmadas atrás da orelha esperando ouvir a moeda bater na água distante para que pudessem fazer um desejo. O que as pessoas que estavam bem podiam achar para desejar, se já tinham tudo? Mal: o contrário de bem. O contrário do fundo do poço? Devia ser um lugar em que as coisas se nivelavam, um lugar de espaço, sem narrativa aparente. Nada pode ali ser possível. Ali nada pode acontecer, por um tempo.

Ao invés disso, deitada imóvel na cama, Lise sabia; era como se ela tivesse sido virada por sobre a amurada de um poço como o do parágrafo anterior e estivesse caindo no mesmo monótono nada durante semanas, nada abaixo como Alice, desorientadamente ponderando isso e aquilo, atravessando apenas a lânguida gravidade, em um lugar em que um segundo de tempo se estendia tanto, ficava tão longo e fino que você podia ver as veias dele; e durante esses segundos todos, todo esse tempo, ela (Lise) parecia mal estar se movendo, embora na verdade as laterais do túnel estivessem passando por ela a milhares, quem sabe milhões de quilômetros por hora, o muro recurvo e os seus tijolos frio-gosmentos de superfície áspera a poucos centímetros do nariz e do queixo dela e das dobras dos seus dedos das mãos e dos pés, e todo o seu corpo tenso, pronto, à espera, sempre a ponto de bater nela, na superfície da água.

Então afinal havia uma história, em algum lugar, insistente, atada entre este ponto e o anterior e o próximo, e ela estava tentando lembrar. Mas nesta manhã tudo que ela conseguiu lembrar até agora dava voltas e mais voltas por trás do osso duro da sua testa como o comercial barato que de fato era. Quando não era a música do Mazola, sinuosa na sua promessa oleosa, era a voz ainda mais alta, mais pura da mulher que cantava: Quero maçãs, quero (alguma coisa), Quero avelãs, Quero trigo, Quero coisas boas, Para comer, Musli Kellogg's.

Aquela voz ainda soava (dentro da cabeça dela, depois de todos esses anos) como se a sua dona tivesse sido criada com coisas saudáveis, muito boas; ela parecia sugerir que comer essas coisas todo dia tinha transformado-a na cantora de repertório clássico ligeiro bem sucedida e socialmente ascendente que era, e lhe tinha dado o emprego moralmente imaculado de cantar na televisão sobre essas coisas precisamente para o bem dos outros.

Lá fora, o sol brilhava. Isso era irrelevante.

Tinha alguma coisa que Lise precisava escrever, de novo. O que era?

Eu sou uma pessoa (   ).

Ela sabia que em algum lugar, em cima da cama, havia um lápis, ou dentro da cama.

Ela não achava que conseguiria ir até o outro lado do quarto para pegar o caderno no peitoril da janela.

Deirdre pegaria quando chegasse.

Mas pode ser que Lise precisasse escrever antes de Deirdre chegar. E se ela lembrasse e tivesse de escrever antes de Deirdre chegar para não esquecer? Ela podia escrever na lista telefônica. Estava bem do lado do telefone. O telefone estava bem do lado da cama. Era necessário só um momento de movimento, só isso, para pegar a lista e aí ela podia arrancar algumas páginas e escrever nelas. Ela podia escrever na parte de dentro da capa, e depois disso nas primeiras páginas, que teriam algum espaço, e daí nos espaços vazios nas páginas de números registrados, ou nas bordas, nas margens; era muito pouco provável que faltasse espaço. Ela tinha certeza que não tinha muito que dizer. O que ela tinha a dizer a respeito de quase tudo no mundo mal chegaria na letra A da lista completa de pessoas que viviam na mesma área dela.

Mas arrancar as páginas daria trabalho. Ela podia apoiar a

lista nos joelhos, mas ela parecia grandalhona e pesada, cheia das vidas de milhares de pessoas desconhecidas. E, olha só, afinal ela tinha papel na mão, dobrado, já esperando ali na mão dela. O que era mesmo?

Sobre você — continuação.

Daqui a pouco ela ia sentar, daqui a pouco encontrava o lápis.

Anote seus sintomas, um médico lhe dissera. *Faça um diário das sensações, de como você se sente.*

Queremos saber mais sobre você. Eu sou bacana/doente.

Lise estava deitada na cama. Era preciso preencher um formulário. Era importante. Ela estava com o formulário na mão. Podia ser que estivesse ali havia horas; ela não lembrava nem de ter pegado ou tirado um formulário de um envelope. Ela podia estar dormindo havia dias ou acordada havia dias, segurando o papel. Quem poderia saber? Ela ia perguntar a Deirdre quando ela chegasse. *Questionário de Incapacidade para o Trabalho Não demore para preencher e enviar este questionário ou você pode perder dinheiro*. Há quantos dias eu estou segurando este formulário? Lise ficou imaginando. Será que eu perdi dinheiro?

Deirdre saberia.

Assim que conseguisse, Lise começaria. Assim que achasse o lápis. Sou.

Uma pessoa bacana. Eu tento ser. Eu seguro as portas das lojas quando estou saindo ou entrando para os velhos, ou mães com carrinhos, ou qualquer um, na verdade, que estiver atrás de mim ou vindo na minha direção, não precisa ser mãe ou velho. Eu viro a cara para programas de televisão que mostram cadáveres em diversas partes do mundo, eu me solidarizo com os parentes das pessoas mortas, que aparecem tristes na televisão; eu me preocupo com quem vive em zonas de guerra. Me preocupo com as crianças que sofrem abusos dos pais ou de gente mais velha. Me preocupo com quem está sofrendo tortura. Eu me preocupo com os beagles que ficam presos naquelas máquinas sendo forçados a fumar, e os cavalos criados por causa do estrogênio, cujos potrinhos são mortos rotineiramente. Eu me preocupo com os vegetarianos, que não têm cardápios decentes nos restaurantes, e com as pessoas serem sarcásticas com eles só porque são vegetarianos, e eu também me preocupo que os carnívoros também possam não receber os seus direitos democráticos, e com os fumantes que estão desesperados por um cigarro e estão presos em algum lugar onde não podem fumar. Eu me preocupo com os pulmões dos fumantes. Eu sempre ajudo pessoas com coisas pesadas a carregá-las para subir no ônibus. Eu sou educada com as pessoas quando a gente está em alguma fila. Eu sempre deixo quem tem menos compras que eu passar na minha frente no caixa. Quando estou dirigindo, eu sou cortês. Não ultrapasso o limite de velocidade, quase sempre, nas áreas habitacionais. Eu deixo os outros carros que saem das ruas laterais entrarem na fila. Eu abro caminho.

Eu não sou grandes porcarias. Eu não sou santa. Não vou mudar o mundo. Mas eu sou do tipo que põe um copo em cima de uma aranha no chão, coloca um cartão-postal por baixo com cuidado pra não pegar as perninhas, e aí abre a porta da frente e põe a aranha para fora. Isso é bom? Ou se tem alguma hora extra para fazer no hotel e outra pessoa precisa, eu abro caminho. Se alguém me pede para trocar de turno com ele ou ela, eu troco, claro que troco, se puder.

Teria. Fiz. Fui. Tudo — carros, ônibus, trabalho, lojas, gente, tudo — a não ser esta cama em que estava deitada estava agora em um tempo verbal diferente. Eu não faço nada. A minha pele está doendo. O meu rosto está doendo.

A minha cabeça está doendo. Os meus braços estão doendo. Os meus ombros e as costas e as pernas e os pés estão doendo, normalmente em ocasiões diferentes, mas às vezes todos ao mesmo tempo. A dor percorre o meu corpo metendo umas estacazinhas em mim como se eu fosse território virgem ainda a ser reclamado. As minhas mãos se comportam como se fossem de pedra. Elas pesam nas pontas dos braços. Quando eu fui a pé até o médico — que antes não era muito longe, que fica a menos de meio quilômetro — apesar de que agora um quarto pequeno pode ser um deserto, uma vasta planície aberta fustigada pelo vento de uma parede doméstica à outra — eu descobri o que pode querer dizer câmera lenta. Foi a última vez que meu coração voou, e ele voou dentro de mim como um pássaro engaiolado, um melro preso numa sala de estar aos trambolhões por cima de uma mobília sem sentido.

Eu não atravessei a porta do apartamento nem desci as escadas e saí do prédio desde aquele dia.

Como este mundo ficou pequeno. Como aquele mundo é imenso. Eu vi Paris na televisão. Ver uma cidade cheia de gente caminhando, a fumaça subindo, o estrondo dos carros, dias acontecendo, foi aterrador.

Desde aquele dia eu parei de assistir televisão. A minha cabeça está doendo. Ela dói como um coração machucado. A luz dói. O escuro cai por cima de mim como uma espécie de apatia, e eu fico com medo de que essa apatia também doa, de que ela esteja me ferindo inteira, e de que em uma terrível manhã eu acorde e descubra que posso senti-la.

Eu durmo mal. Fico deitada acordada esperando até dormir mal de novo.

Não sei quando, ou se, eu vou conseguir fazer, bem, qualquer coisa, de novo.

Lise estava deitada na cama. Ela estava imaginando como dizer tudo isso no formulário.

A médica tinha concordado; *nós na verdade não conseguimos descobrir o que está errado com você*, ela disse fazendo que sim com a cabeça. Ela foi simpática. Ela não podia fazer nada. *Você pode ter alguma coisa que ainda não seja diagnosticável. Muita gente tem. Por exemplo, a sua contagem de linfócitos e de monócitos, aqui, está ligeiramente elevada. Isso pode indicar que você já combateu uma pequena infecção viral. Também pode indicar nada, pode indicar a mera normalidade.*

Lise estava deitada na cama. Deirdre chegaria às quatro. Isso era a normalidade. Hoje Lise só conseguia lembrar as músicas de inutilidades descartadas; as músicas de garrafas de plástico e de caixas de cereal de papelão, coisas feitas e comidas muito tempo atrás, há muito apodrecidas ou enterradas em um aterro. Tinha de ser culpa de alguém. Era culpa de Deirdre, isso, o fato de ela só lembrar esse lixo rimado. Estava no sangue de Lise como um germe; ela vinha de uma linhagem sem graça, afinal. Linhagens vagabundas e poesia ruim esquecível estavam em algum ponto da sua estrutura genética, rarrá. Ela ia contar para Deirdre. Isso faria Deirdre rir, talvez. Em um certo momento, hoje, como em todos os dias, seriam quatro horas. Os momentos virariam minutos, depois horas, e os ponteiros do relógio estariam no seu ângulo alegre e a porta abriria de supetão e a mãe dela entraria, plena de triunfo e desastre. Talvez isso fosse medicamente relevante, algo que ela devia ter contado à médica além das dores de cabeça da dor reumática e muscular dor nas costas enxaqueca dor de dente sintomas de gripe temperatura alta neuralgia náusea etc indiagnosticável. Talvez fosse importante. Atrás de mim, por baixo de mim, doutora, não, escuta, embaixo de mim, indo até a terra, séculos de ancestrais que talvez padecessem do mesmo tipo de arte ordinária que chegou até mim diretamente da minha mãe. A senhora por acaso ouviu a minha mãe? Não?

Naquela época, Lise, criança, ficava imaginando onde eles iam parar, os milhares de rostos da sua mãe em todas as caixas de papelão. Quem tinha comprado as caixas e levado para casa, que cômodos aqueles rostos viam. Por onde andavam? aqueles sorrisos? aquela voz registrada em pequenos sulcos? teriam ido para o paraíso do vinil? empilhados nos sebos ao lado de aparelhos de som roubados? atrás de sistemas hi-fi ultrapassados em móveis ultrapassados perto de ternos ultrapassados nas casas dos pais cada vez mais velhos das pessoas, junto de discos de Val Doonican e Lena Martell, Bobby Crush, Lena Zavaroni? No auge da sua fama Deirdre aparecia semanalmente em um programa de vendas na televisão improvisando versinhos sobre notícias frescas e atuais. O seu poema mais famoso, "O velho cartão de computador", tremulou nas bordas do top 100 da parada pop; um lamento cômico feito por um cartão de computador todo perfurado, a respeito de como os computadores novos à venda tinham tornado obsoletos os cartões. Deirdre fez uma turnê de teatros regionais, autografou muitos discos para aposentados sorridentes.

Isso foi há vinte anos, quando Lise era pequena. Agora os aposentados estavam mortos e a mãe dela estava ficando grisalha, chegando aos sessenta, e de vez em quando aparecia na rádio local, onde as pessoas riam dela e imitavam seu sotaque não local. Com o passar dos anos, o passar dos anos acabou com ela. Deirdre, Rainha sem Cartazes.

Mas Lise estar doente a deixava feliz. Às quatro, quarto adentro pela porta ela entraria veloz, voltaria à vida, dançando o seu próprio tema melódico como a heroína de uma sitcom classe média no quarto da filha convalescente, um quarto que não é bem um quarto mas que o pessoal da continuidade semeou de mesas e armários e coisas na parede e livros largados como os quartos devem ter, e as suas três paredes abertas para um público ansioso por rir e aplaudir, morrendo de vontade de rir de qualquer porcaria velha, qualquer tirada fraca, qualquer piada doentia; um público que já foi depenado pelo número de abertura de um comediante que lhes contou piadas racistas ou ligeiramente safadas. E lá viria Deirdre sob aplausos solicitados pela claque, toda echarpes de verão e simpatia, mas feliz, feliz, feliz da vida porque neste momento em particular da sua vida (sim, um conjunto de momentos mais ou menos consecutivos em uma vida inteira de milhões e milhões de momentos e possibilidades exaustivas) ela estava animada, mais feliz do que em muitos anos, cheia da nova importância do seu novo grande projeto.

O que está acontecendo com você, Deirdre disse a Lise com toda a seriedade, três semanas depois de ela cair de cama, no primeiro dos dias mais felizes da vida de Deirdre, no que se ajoelhava ao lado da cama e aproximava o rosto do de Lise tanto quanto podia sem que os seus olhos perdessem a capacidade de manter o foco, é visionário e poético. É como o poema de William Dunbar, você lembra? O homem sacudido como um salgueiro é sacudido pelo vento? *Este mundo falso é apenas transitório*? Você lembra? É uma revelação, estar doente como você está. É um estado místico. Alguma coisa nasce das febres deste mundo, minha menina; os profetas tinham febres e visões; alguma coisa vai nascer disso. É um vento mau, Lise, um vento mau, não é? Não é?

Sua menina. Atrás da barreira dos olhos apertados de Lise Deirdre estava sorridente e ansiosa sobre o tapete. Estava quase tremendo de ansiedade. Depois de um tempo assim, Lise a ouviu levantar, ir lavar as mãos (ela lavava as mãos o tempo todo, caso fosse contagioso). A sua mãe estava cantarolando no banheiro, trocando toalhas de lugar. Eis aqui a verdadeira arte, afinal. Três dias depois ela anunciou o seu novo poema épico, que se chamaria "Hotel Mundo".

Hoje, deitada na cama, Lise não conseguia ter mais que os fiapos de uma lembrança de que Deirdre já tinha lido para ela trechos de "Hotel Mundo" — um trocadilho metafísico, de que Deirdre sentia muito orgulho, com a cadeia Hotéis Global, onde Lise tinha trabalhado — com rimas como espiral e pós-viral, verme e germe, respiros e vírus. (Muito embora, se você estivesse lá e tivesse você mesma perguntado a ela, Lise não teria lembrado mais que uma ou outra palavra do poema, era assim a quarta estrofe, por exemplo, de "Hotel Mundo":

Você já trabalhou na recepção
No controle, minha filha querida.
Mas agora está se hospedando
Neste quarto de hotel que é a vida.
Um quarto cuja chave é um mistério,
Cuja vista é direta e muito séria,
Cujo objetivo é ordem e é império,
Cujo frigobar não dá refrigério.)

Deirdre ficava sentada na beira da cama com a caneta ereta e balançando. Me conte alguma coisa, ela dizia na maioria dos dias. Você está com vontade? Querida? Está com vontade, hoje? Vai te ajudar a se concentrar. Concentrar-se em Deirdre. Lise. Lise? Me conte qualquer coisa. Qualquer coisa sobre o hotel, por exemplo. Só coisinhas cotidianas já servem. E quando saísse às seis e meia ela ainda estaria dizendo enquanto deslizava porta afora, e tente lembrar, Lise, se der, se você puder, escreva as coisas para mim na medida em que for lembrando, as coisas que aconteceram. Qualquer coisa que você lembrar, qualquer uma. Nunca se sabe o que pode ser importante.

O poema só estava na oitava estrofe mas seria um épico; acomodaria bem uma bela doença comprida. Mas a questão, a questão é que Deirdre viria. Estava chegando. Mesmo na região atemporal do dia típico de uma pessoa que não estava bem, invisível para o resto do mundo veloz, havia Deirdre às quatro horas.

Lise estava deitada na cama e encarava a luz do teto. Só ficar deitada na cama olhando para cima já era cansativo. Dores corriam em raios até a cabeça de Lise, passando pelo pescoço. Dentro da cabeça elas chutavam o forro do seu cérebro. Tinham cheiro de esterco e de animais. Pisoteavam tudo que ela sabia. Eram pesadas como uma manada de bisões. Levantavam poeira. Além da poeira, o barulho: *anote para mim as coisas que você conseguir lembrar*, a mãe-poeta dizia. *Escreva os seus sintomas*, o médico dizia. *Preencha-me*, o formulário do governo em sua mão exigia. *Quero maçãs, quero alguma coisa*, a mulher do musli, saltitante e saudável, cantava.

Quero alguma coisa. Era enlouquecedor, isso de não conseguir lembrar qual era a alguma coisa que faltava na receita do musli. Tinha duas ou três sílabas? Lise não conseguia lembrar. Você nunca sente o gosto do óleo. Você só sente o gosto da comida. Nada rimava na música do Mazola, a não ser a própria palavra Mazola. Graças a Deus. Era um alívio. Era simples, óleo.

<u>*Como preencher o restante deste formulário*</u>

Por favor use os campos das seções <u>Mais informações</u> em cada página para nos dizer com suas próprias palavras como sua doença ou deficiência afeta sua capacidade para tarefas cotidianas. Fale sobre

dor, cansaço e falta de fôlego que você sente quando está fazendo coisas do dia a dia

dor, cansaço e falta de fôlego que você sente depois de ter feito coisas do dia a dia

Você não precisa tentar fazer as coisas mencionadas no questionário. Diga se poderia ou não fazê-las, baseado em sua experiência com sua doença ou deficiência.

Se precisar de mais espaço, por favor use o campo da ***página** 18.*

Lise estava deitada na cama. Lise estava ajeitada na cama. Será que era mentira? Será que ela estava fingindo, deitada, na cama? O formulário fazia que ela se perguntasse. Ele a deixava nervosa. *Você provavelmente não está doente. Prove o quanto você está doente de verdade*, ele dizia. Ela se mexia o menos possível. Deixou as páginas correrem acima de sua cabeça até achar a página 18. Era quase no fim do formulário. O espaço ali era de dez por dez centímetros. Ela ia ter de achar alguma coisa para preencher ali. Deixou o braço cair; ele tinha ficado no ar tempo suficiente para estar doendo.

Ela podia preencher com alguma coisa que Deirdre fosse gostar de ouvir quando chegasse às quatro.

Deirdre provavelmente gostaria, por exemplo, de ficar sabendo coisas como essas. Como as camareiras que Lise conheceu no hotel, ou pelo menos as mais espirituosas delas, tinham o costume de limpar os assentos das privadas de quartos especialmente bagunçados com as toalhas de rosto dos hóspedes. Que elas gostavam de provar as roupas que tinham saído das malas dos hóspedes para os guarda-roupas e as gavetas dos quartos, quando os hóspedes saíam do hotel. Que a revista das bolsas dos hóspedes era compulsória. Que uma das coisas que preferiam fazer era ligar o botão da bateria de câmeras caras que tinham ficado nos quartos, para que as baterias das câmeras dos ricos silenciosamente acabassem sem que eles percebessem.

Deirdre também teria ficado fascinada com a quantidade de cuspe, cuspes cegos e aleatórios independente de quem era o hóspede ou do tamanho da gorjeta, na comida do serviço de quarto e na comida dos restaurantes na cozinha de um típico Hotel Global, ela se sentiria especialmente tocada pelo número de tipos de bactérias (incluindo várias normalmente encontradas na urina) que poderiam ter sido identificadas por um simples exame científico das superfícies das balas de menta deixadas para os hóspedes que se registravam, ou deixadas ali para quem quisesse se servir delas no grande vaso de cristal opacificado do balcão da recepção atrás do qual sua filha trabalhou por um ano e meio depois de terminar a universidade e antes de ficar doente.

A bem da verdade, Deirdre teria ficado encantada com qualquer informação que fosse, como ficar sabendo como os lençóis eram pesados para as camareiras carregarem (lençóis são impressionantemente pesados, e a equipe do hotel em geral não tem permissão para usar os elevadores dos hóspedes), ou como a senhora Bell levava as meninas novas para a salinha atrás da recepção e as fazia treinar na hora do almoço com as pontas dos rolos de papel higiênico até que soubessem dobrar as bordas do papel no ângulo certo. (E não é só para me agradar, a senhora Bell dizia, batucando com o lápis na mesa, mas para mostrar que houve um cuidado no preparo dos banheiros do Global; qual é a palavra de ordem, meninas? Atenção ao cliente. Uma menina nova foi despedida, declaradamente por maus hábitos de higiene, mas na verdade por sugerir que a palavra de ordem da senhora Bell na verdade eram três palavras.)

Ou, simplesmente, informações nada românticas e nada ornamentadas sobre por exemplo como cada membro da equipe recebia um papelzinho com um mapa dos quartos no seu escaninho toda manhã às seis horas para que ele ou ela ficassem sabendo quais hóspedes ficariam e quais não ficariam. Isso talvez fosse útil para Deirdre, ou como o truque na recepção, quando nenhum dos chefes estava por perto e o movimento não estava grande demais, era atender o telefone dizendo *Boa noite, Hotéis Global, em que posso ajudar? Um momentinho, por favor, vou estar transferindo sua ligação para Reservas*, e aí apertar o botão 9 (que transmitia o Piano Concerto nº 23 de Mozart pelo aparelho até o ouvido do ouvinte), deixar o aparelho na mesa, esperar o quanto ousasse, apertar o botão 9 de novo e dizer no mesmo aparelho, com outra voz, como se fosse outra pessoa, *Reservas, Hotéis Global, em que posso ajudar?*

Ou como, quando você trabalha em um hotel, o que quer que você faça — seja sorrir para os hóspedes no balcão da entrada ou cuspir na comida na cozinha, arrancar das camas os cheiros das pessoas ou fumar contra as regras nas saídas de incêndio, não importa — te espreme, com o nariz achatado e o rosto distorcido e feio, contra a janela da riqueza dos outros, que você é, normalmente muito mal, pago para servir.

Todas essas coisas, inumeráveis outras coisas como essas ela teria adorado ouvir, teria achado útil saber, bastando para isso Lise ter sido capaz de se lembrar delas. Certamente ter se esforçado para sequer pensar no hotel tinha trazido coisas de volta à cabeça de Lise hoje, por exemplo. Mas ela não conseguia chegar exatamente aonde queria. Era alguma coisa com banheiras, uma banheira, alguma coisa a ver com um banheiro, e ao invés disso, na frente disso, na cabeça dela estava a voz do pote de espuma para banho do anúncio da TV cantando para as imagens de crianças na banheira e para a sua contente mamãe. O Imediato é diversão. É só caí no banho. Ninguém vai dizê que não. Vem que eu te acompanho. E deixa a criança brincá. O Imediato é só limpeza. Pra você não esfregá. Pode sempre tê certeza. E não conte pra ninguém. Eu deixo sua casa limpinha. E limpo a banheira também. Não fica nem uma marquinha.

O pote cantor tinha formato de marujo. Ele dançava sobreposto a tudo que Else estava tentando pensar. Faltavam erres nos verbos, para fazer a música do pote parecer mais a fala de um marujo. Lembrar isso fez Lise, deitada imóvel e entorpecida na cama, sentir-se consolada. Havia coisas afinal, mesmo detalhes minúsculos, que ela ainda sabia à perfeição. Ela sorriu, um riso claro no quarto pálido. Ficou pensando se a música do Imediato poderia ter alguma serventia para Deirdre. Talvez devesse anotar para ela. Ela ia encontrar o lápis. Pote de espuma para banho cantor. Boa, essa. Ela ia escrever no formulário.

<u>Sentar-se em cadeiras</u> Precisamos saber se você tem qualquer dificuldade em se sentar confortavelmente em uma cadeira. *Confortavelmente quer dizer sem ter de sair da cadeira porque o grau de desconforto torna impossível continuar sentado. Cadeira quer dizer uma cadeira reta, com encosto mas sem braços.* ***Por favor marque a primeira afirmação que descreve o seu caso. <u>Marque apenas um item.</u>***

Eu não tenho problemas para me sentar

Eu não consigo me sentar confortavelmente

Eu não consigo me sentar confortavelmente por mais de 10 minutos,

sem ter de sair da cadeira

Eu não consigo me sentar confortavelmente por mais de 30 minutos,

sem ter de sair da cadeira

Eu não consigo me sentar confortavelmente por mais de uma hora,

sem ter de sair da cadeira

Eu não consigo me sentar confortavelmente por mais de duas horas, sem ter de sair da cadeira

Este formulário parece algum tipo de poesia, ela pensou. Talvez Deirdre pudesse usá-lo também. Talvez Deirdre tenha escrito o formulário. Talvez Deirdre esteja certa. Há algum tipo de poesia, ruim ou boa, em tudo, em todo lugar para onde olhamos.

Seus olhos estavam doendo. Ela fechou os olhos. Visionário. Poético. Revelação. Místico. É, Lise pensou por trás dos olhos fechados. É verdade. Estar doente é uma revelação. Revela exatamente o que as pessoas que estão bem pensam das pessoas doentes. Elas põem flores na cama ou na mesa. Elas te olham com olhos arregalados. Você parece um defunto, elas dizem, e depois riem e acrescentam correndo, como se fosse tudo uma piada, eu devo estar até pior. Aí elas ficam com cara de constrangidas (como se estivessem decepcionando alguém, os doentes). E aí elas tentam pensar em alguma imperfeição delas, e passam uma hora te contando essas coisas. Algumas delas esperam que você faça chá, ou até um almoço (você não pode estar tão doente). Outras têm medo de encostar em qualquer coisa. Elas respiram, atentas, testando cada alento. Elas olham para o lado de onde você está, como se você não estivesse ali. Elas saem assim que for possível. Por dias a fio, depois da visita, elas se testam, auscultando o tato das glândulas, o mais ligeiro arrepio aveludado da pele, a sensibilidade da garganta, os pequenos cartões de visita dos sintomas. Alô, quem é? É a Vi. Vi quem? Vi Ruhs, a gente se conheceu na casa da tua amiga, você não lembra de mim? Não está me reconhecendo? Deixa eu entrar. Um dia (talvez) Lise estaria bem de novo para poder ir à festa de alguém e alguém lhe perguntaria daquele jeito que quer dizer quem é você, *você faz o quê*, e Lise responderia com a descrição do seu novo emprego. Eu andei doente. Eu não conseguia sentar confortavelmente em uma cadeira por mais de trinta minutos. Agora eu não consigo sentar confortavelmente em uma cadeira por mais de duas horas. Dá trabalho, mas eu estou melhorando nisso. E alguém tem que fazer esse trabalho.

Lise estava deitada na cama. O quarto balançava. As paredes andaram e depois se acomodaram novamente. A ideia de sequer imaginar ir a uma festa a deixava com medo. Toda tarde Deirdre ligava de novo a tomada do telefone na parede. Toda tarde quando sua mãe fechava a porta da frente atrás de si Lise a arrancava dali de novo. Ela conseguia arrancar a tomada sem sair da cama.

Então imagine a memória de Lise se abrindo, agora.

Imagine que quando ela se abriu, foi tão espantoso e tão inesperado para ela quanto teria sido se o telefone mudo do lado da cama de repente começasse a tocar.

Imagine o coração dela, saltando. Imagine a mente dela, transbordando como que de uma eclusa.

Lise, atrás do balcão da recepção, está trabalhando. O relógio do computador diz 18h51, mas no exato momento em que ela olha para ele o 1 negro se transforma em 2.

18h52.

Ela está satisfeita por ter visto isso acontecer. Parece de propósito. Depois ela esquece de ter visto. O pescoço dela está doendo.

As câmeras de vigilância na frente do hotel não estão funcionando, inclusive a da recepção, então ela solta o primeiro botão da camisa e puxa o tecido para o pescoço. Ela olha para o crachá com o seu nome, LISE de trás para frente de cabeça para baixo. Ela abre o alfinete de trás do crachá, solta-o do uniforme e o joga no cesto de papel na outra ponta da recepção.

Errou. Ele cai atrás do cesto. Ela suspira.

Ela levanta, caminha ao longo do balcão da recepção, se inclina para trás do cesto e apanha novamente o crachá. Ela fura a ponta do dedo com o alfinete.

Ai, ela diz. Bosta.

Ela enfia novamente o alfinete no tecido da lapela e o fecha. Ela se recosta na cadeira. Batuca com os dedos no balcão. Vê uma minúscula manchinha de sangue no balcão e chupa o dedo onde a ponta do alfinete entrou. Ela limpa o sangue do balcão com a borda da jaqueta.

Ela ainda está atordoada pelo que fez.

Olha para o telefone. Pega o aparelho, tecla 9. Segura o aparelho no ar um momento. Então ela o põe no gancho de novo sem ter apertado mais nenhum número.

Ela pega uma caneta, põe a ponta na boca. Levanta. Digita o código da porta, saindo para a frente da recepção, onde ficam os hóspedes, tira a caneta da boca e a deixa no balcão.

Ninguém no saguão quando ela o atravessa. A lareira falsa está acesa em um espaço vazio.

Ela empurra a porta giratória até estar na escadaria que dá para a rua, o frio a envolvendo repentinamente. Ela se detém embaixo da placa Hotel Global e tenta enxergar o outro lado da rua.

Ela não consegue ver alguém ali. Ninguém ali.

Ela volta para o calor envolvente do saguão. Ajeita o uniforme e caminha por ali com uma objetividade ríspida. Ela volta para a recepção e novamente se senta. O seu dedo ainda sangra um pouco e em torno do ponto em que o alfinete rompeu a superfície da pele o dedo ficou avermelhado. Ela aperta o dedo até sair sangue, uma perfeita conta redonda de vermelho. É um vermelho surpreendentemente vivo. Ela põe o dedo na boca.

Duncan está descendo a escada, um lance depois do outro, lentamente. De cabeça baixa. Ele passa pela recepção.

Obrigada, Duncan, Lise diz no que ele passa.

Duncan não diz nada. Ele vai direto para a SCE e fecha a porta, então Lise fica falando com a porta fechada. Eu te chamo se for o caso, ela diz. Está uma noite morta.

Ela se arrepia com as suas próprias palavras. Bosta, ela fala baixinho. Mas está tudo bem. Duncan não teria ouvido com a mistura da porta fechada e do barulho que sai dos alto-falantes, inundando a recepção, uma versão instrumental de "Breaking up is hard to do".

Lise olha para o relógio.

18h53.

Faltam cinco horas.

Ela olha para ver se consegue pegar o número do relógio mudando de novo. Mas desvia os olhos, por uma mínima fração de segundo, e quando olha de novo já são 18h56 sem que ela tenha visto tudo isso acontecer ou sentido tudo isso passar.

Já são 18h56: O tempo sempre teve fama de ser enganador. Todo mundo sabe disso (embora seja uma das coisas mais fáceis de esquecer).

Faltam cinco horas: Como o tempo parece caminhar em uma cronologia linear mais ou menos simples, de um momento, segundo, minuto, hora, dia, semana etc., para o outro, as formas das vidas no tempo tendem a ser traduzidas em uma sequência linear comum que por sua vez se traduz facilmente em um significado facilmente reconhecível, ou um sentido. Lise está à espera do próximo ponto previsível da sequência: o momento de ela ir para casa. Nesta semana Lise está no turno da tarde. Nos Hotéis Global, o turno da tarde vai das 16:00 até a meia-noite, quando o pessoal da noite assume. Na verdade aqui, quando Lise pensa "faltam cinco horas", ela ainda tem cinco horas mais sete minutos até seu turno acabar oficialmente, e normalmente há também uma perda de vários minutos na mudança dos turnos, trocando ois e vestindo casacos; no turno da tarde Lise raramente sai do hotel antes de meia noite e vinte.

Hoje, no entanto, Lise não vai sair do prédio do hotel antes das quatro da manhã.

Versão instrumental de "Breaking up is hard to do": Peter Burnett, subgerente desta filial do Global, escolhe a música do saguão. Ele garante, deixando três CDs em volume baixo no modo de repetição no armário fechado a chave do seu escritório, que ninguém vai substituir as suas escolhas quando ele não está no prédio do hotel, mesmo à noite. "Breaking up is hard to do" foi originalmente um sucesso do verão de 1962, com Neil Sedaka, e de novo, exatamente dez anos depois, em julho de 1972, quando a banda do programa A *Família Dó-Ré-Mi* a levou à terceira posição nas paradas britânicas. Parte da letra de "Breaking up is hard to do", lembrada mais ou menos certo, corre junto com o instrumental de fundo pela cabeça de Lise neste momento

(não me deixe sem
o teu amor
não deixe o meu coração
infeliz
se você for embora
eu vou ficar triste)

sem ela perceber este fluxo, enquanto espia o relógio do computador.

Os alto-falantes, inundando a recepção: Metaforicamente. Mais literalmente, em mais ou menos uma hora e vinte minutos a contar de agora a banheira que ficou enchendo no quarto 12 (um dos maiores, melhores e mais caros quartos do hotel) vai finalmente transbordar e inundar não só a recepção mas o banheiro, o carpete do quarto e também parte do carpete do corredor na frente da porta do quarto. A bagunça resultante disso, descoberta no dia seguinte, vai resultar na demissão de Joyce Davies (28), camareira.

A torneira aberta também vai provocar três queixas distintas de outros hóspedes do hotel entre 20:00 e 21h30, a respeito da falta de água quente, queixas a respeito das quais Lise, na recepção, vai pedir infinitas desculpas na retórica apologética padrão dos Hotéis Global, queixas que vai registrar no livro e no computador, e relatar à manutenção.

Está uma noite morta: O estômago de Lise se contrai; ela empregou a palavra impronunciável, "morta", para Duncan.

Lise fica falando com a porta fechada: É adequado. Falar com Duncan agora, Lise pensa, é exatamente como tentar falar com alguém através de uma porta de quinze centímetros de espessura.

***Ele vai direto para a* SCE:** SCE é a abreviação do pessoal do hotel para Sala das Coisas Esquecidas; é o lugar em que fica tudo que os hóspedes esquecem até que seja procurado ou encaminhado à polícia ou levado para casa pelo pessoal do hotel. É menos uma sala, mais um grande armário cheio de prateleiras e caixas de coisas datadas, etiquetadas e alfabeticamente organizadas, tais como: pequenos brinquedos de criança do tipo que é fácil de perder; cassetes e CDs; dois telefones celulares; diversas peças de roupas, incluindo chapéus, dezessete calças jeans, luvas; vários tamanhos de guarda-chuvas; jogos de computador; muitos itens de maquiagem; presentes não identificáveis ainda embrulhados; preservativos e outros tipos de contraceptivos; uma prótese (perna); sapatos de homens, mulheres e crianças (normalmente em pares); walkmen de fita cassette e de CD, com e sem fones de ouvido. A SCE tem um cheiro de umidade e de plástico. Ela não tem janelas. Tem uma lâmpada descoberta. Duncan tem passado os seus turnos na SCE, saindo apenas quando é necessário, durante os últimos seis meses. Ele fica sentado no escuro, em uma caixa com a etiqueta 16 setembro, qt 16. A caixa está cheia de bulbos embalados de narcisos. Embaixo dele na caixa no escuro alguns dos narcisos estão começando a brotar dentro da embalagem, e outros estão cedendo dentro do seu pacote cebolento, começando a apodrecer.

Obrigada, Duncan, Lise diz: Quase toda a equipe Global desta filial, pelo menos quem já estava trabalhando aqui naquele tempo, protege Duncan e os seus hábitos. Para eles é um prazer bater na porta da SCE para ele ficar sabendo quando Bell ou Burnett estão por perto e não ser pego. Todo mundo que trabalha lá sabe que Duncan viu o que aconteceu, ele ouviu, ele estava no último andar com Sara Wilby quando ela fez aquilo. Membros mais novos da equipe dizem baixinho uns aos outros que ele devia ir embora ou ser mandado embora. Eles discutem o boato de que ele teria recusado um acordo favorável de demissão. Discutem como deve ter sido, estar lá. Discutem o suicídio. Discutem o amor. Acusam Duncan. Quando Duncan passa, o silêncio de todos calados abre uma esteira na frente e atrás dele, fantasmagórico, como um constrangimento. Lise gosta de fazê-lo trabalhar um pouco, coisas pequenas, quando está no mesmo turno que ele. Ela acha que vai ser bom para ele. Lise achava antes que um dia podia ir para a cama com Duncan, quando começou a trabalhar aqui. Ele era engraçado, sociável, ele se arriscava, era bem bonitinho. Agora ela fica pouco à vontade quando trabalha junto com ele. Ela o trata bem. (Ela é invisível para ele.) Secretamente ela acha que ele precisa de terapia.

Ela põe o dedo na boca: A pulsão natural do corpo em busca de um antisséptico natural.

O dedo ficou avermelhado: A reação inflamatória tópica do sistema de coagulação do corpo.

Ela caminha por ali com uma objetividade ríspida: Daqui a seis meses, Lise será incapaz de andar por qualquer lugar com uma objetividade ríspida. Ela estará quase incapaz de andar de todo. A mera ideia de uma palavra como ríspida, o fantasma da palavra atravessando a sua mente, terá a capacidade de lhe provocar angústia. Uma noite, dormindo (o que durante dez meses do seu futuro próximo será uma situação inquieta, dilacerada) ela vai sonhar que está nas costas de um porco preto e branco e que o porco está galopando, quase voando, a uma velocidade perigosa sobre uma paisagem, fluida abaixo dela, que parece o país de Gales ou as fronteiras da Escócia. Quando acordar deste sonho ela vai estar exausta e em pânico. O coração dela parecerá estar queimado. Os músculos das suas pernas vão estar doendo onde ela se agarrou ao porco durante o sono. Esse será um dos pontos mais baixos da sua invalidez precoce.

Ela ajeita o uniforme: Lise esqueceu momentaneamente que as câmeras de vigilância não estão funcionando e que o fato de o seu uniforme estar ou não ajeitado não será hoje a noite relatado ou registrado por qualquer autoridade.

Ninguém ali: Não é literalmente verdade. Há algumas pessoas ali na rua, passantes, de carro ou a pé. Aquele *ninguém* em particular se refere ao fato de que não há ninguém na calçada do outro lado, onde Lise espera, tem esperança, de ver a adolescente que tem ficado sentada na calçada ou abrigada na frente da loja diante do Global.

Ela não consegue ver alguém ali: *Alguém* aqui se refere ao mesmo *ninguém*, acima. Lise tem certeza de que reconhece a menina do enterro da camareira morta, Sara Wilby. Sara Wilby (19) trabalhou brevemente no Global antes de morrer em consequência de uma queda no mês de maio passado, em um acidente improvável, cuja tragédia foi relatada tanto nos noticiários locais quanto nos nacionais (25-26/5/99) e provocou, primeiro, o fechamento do hotel por três dias e, depois, um aumento na demanda de quartos na reabertura do hotel, demanda que permaneceu elevada até o fim do verão com habitantes locais e membros do público em geral todos ansiosos para ver o local da morte.

A Hotéis Global obrigou todos os membros da equipe desta filial a comparecer ao enterro de Sara Wilby. Depois do enterro correu uma piada entre o pessoal do hotel, misturando a música "Que Será Será", de Doris Day, e o nome da menina morta. Lise não consegue lembrar a letra agora, mas lembra que era um alívio cantá-la uns para os outros, ilicitamente como um baseado, enquanto todos trabalhavam nas semanas que se seguiram ao enterro, nas cozinhas do hotel, nas despensas do hotel, e caminhando de um lado para o outro diante da porta lacrada do porão. Piadas cuja tirada final, por exemplo, era *Plenamente empossada* ou A *Sara Wilby num elevador* ou *Porque ela disse que tinha uma quedinha por ele* passaram como que em um telefone sem fio pelas escadarias do hotel até os meses do outono, embora a esta altura elas já tivessem, por assim dizer, morrido.

Lise tinha passado algum tempo no mesmo turno da menina morta. A menina morta tinha cabelo escuro, mas era sábado, movimentado, e tinha sempre gente nova chegando e indo embora na equipe, sempre havia camareiras novas, as camareiras têm alta rotatividade. (Alta rotatividade: uma expressão plena de potencial humorístico.) A família de Sara Wilby ficou na porta da igreja. Todo mundo que trabalhava no

Global foi passando, primeiro os chefes depois os subgerentes depois a equipe de administração depois a recepção depois a segurança depois a manutenção depois a cozinha depois a limpeza, e apertando as mãos deles. Algumas semanas atrás Lise percebeu que era dali que ela conhecia a menina, a menina que andava ficando sentada do outro lado da rua. Lise tinha visto a menina na porta da igreja quando eles todos foram passando com os uniformes do hotel. Lise acha que pode ter apertado a mão daquela menina.

Hoje à noite Lise saiu do hotel para falar com ela. Ela ia perguntar (mas a menina saiu correndo) se podia fazer alguma coisa, se a menina queria alguma coisa, dinheiro ou um café ou comida ou qualquer coisa, se queria entrar e se esquentar no hotel, se Lise podia fazer qualquer coisa por ela ou ajudá-la de qualquer maneira. Tem alguma coisa que eu possa fazer por você? Ela estava com as palavras prontas.

Lise sabe que ela (Lise) deve ter conhecido Sara Wilby. Elas estiveram no mesmo turno durante a primeira das duas noites que Sara trabalhou no Global. Ela definitivamente deve ter passado algum tempo daquela noite com Sara Wilby, deve ter falado com ela, elas devem ter trocado pelo menos olhares, ainda que não muitas palavras. Mas apesar de ter tentado, ela não consegue lembrar nada disso. Ela nem consegue lembrar a aparência de Sara Wilby naquela noite, duas noites antes de morrer. É bem mais fácil imaginá-la a partir das fotografias nos jornais e na TV do que tentar lembrar. Parece que as fotografias nos jornais e na TV apagaram ainda mais a lembrança de Lise da verdadeira Sara Wilby.

É por este motivo, precisamente por causa desse branco na memória onde quase não há um rosto, quase não há um corpo, nada além do contorno quase vazio de uma pessoa não conhecida — e também porque ela própria é uma pessoa bacana, e só para garantir, caso haja alguma coisa que ela possa fazer — que Lise fica de olho naquela, acabou de dar mais uma olhada lá fora para ver se achava, aquela menina que anda passando a tarde sentada na escada do showroom de tapetes do outro lado da rua.

O saguão: Todas as filiais — britânicas e internacionais — dos Hotéis Global têm exatamente o mesmo design de saguão, assinado pelo decorador suíço Henri Goldblatt. Listar aqui todos os detalhes regulamentados tomaria muito espaço; o manual original de Goldblatt, que cita inúmeros fabricantes específicos de tecidos e mobília, tem mais de dez páginas. Para as flores da entrada do saguão, na página 6 por exemplo, Goldblatt especifica lírios *stargazer*.

A Global International cia ltda e seus acionistas acreditam que a duplicação dos ambientes dentro de estruturas arquitetônicas ainda individuais reforça atitudes de segurança e nostalgia psicológicas e preserva o clima de volte sempre da clientela Global em todo o mundo.

O saguão da filial em que Lise trabalha tem cheiro de carpete de boa qualidade, comida de restaurante e lírios *stargazer* ao fundo. Na cama, daqui a seis meses, Lise não será capaz de recordar precisamente o aroma do saguão do Global. Daqui a dois anos, de férias no Canadá e desesperadamente tentando escapar de uma nevasca de primavera, ela vai se abrigar no Global de Ottawa e quando entrar no saguão vai inesperadamente lembrar pequenos detalhes sensórios do tempo que passou trabalhando para a Global, detalhes que jamais (ela vai dizer para si própria depois, surpresa) teria sequer imaginado que sabia, e que a fazem lembrar um tempo da sua vida de tempos antigos, antes de ficar doente e antes de ficar boa, um tempo que ela esqueceu quase completamente que teve.

Tira a caneta da boca: Durante a noite a saliva de Lise na ponta da caneta evapora lentamente no ar-condicionado do saguão. Vai levar uma hora e quarenta e cinco minutos para a caneta ficar totalmente seca.

Onde ficam os hóspedes: Quando Lise passa na frente da recepção ela brevemente imagina, como sempre, como seria ver-se trabalhando atrás do balcão. Ela imagina, apenas por um momento, que é ela a moça bem-vestida que apareceu antes, alguém cujas estadas em hotéis como este são pagas com o cartão de crédito do jornal dominical nacional para quem ela trabalha; alguém que nasceu no mesmo ano que Lise mas cujas roupas vêm de lojas onde até o ar em volta das roupas é exclusivo; roupas abençoadas pelo cheiro do dinheiro, incompráveis nesta cidade ou nesta parte do país mesmo agora na Grã-Bretanha pós-moderna, e de qualquer maneira inimagináveis em qualquer corpo de verdade que tenha que encarar qualquer caminhada, trabalho, ou suor de verdade. Ela imagina que, ali de pé assinando os formulários, ela se vê (Lise) do outro lado do balcão; uma caipira desconhecida, uma funcionária competente mas desimportante. Uma ninguém arrumadinha — é importante, no balcão da recepção, usar o cabelo preso para trás e usar uma maquiagem "sutil". Lá está Lise, lá, ela pode ver, o seu rosto sutilmente maquiado sobre o crachá, composta e sorridente, esvaziada de um eu, muito boa no que faz.

Esse momento imaginado faz Lise, por reação, se sentir mais forte, melhor, mais raivosa, mais determinada da base da coluna até os ombros. Ele deixa a sua cabeça cheia de palavrões. E também, apesar de o hotel estar tranquilo hoje de noite, com muitos quartos vagos, Lise deu àquela mulher um dos quartos menos agradáveis, menores, com menos vista, no último andar. Em uma calculada mudança do equilíbrio do poder social, mais à noite, Lise vai gostar de teclar o número do quarto (34) no telefone da recepção e deixá-lo tocar, só uma vez, do outro lado, só para imaginar a mulher, plena de uma expectativa açodada, mão pairando sobre o aparelho.

Lise também pensou que podia, bem mais à noite, e desde que conseguisse pegar o pessoal da noite distraído, apanhar a chave de segurança do gancho em que fica pendurada na parede e subir até o último andar, entrar silenciosamente no quarto da mulher rica e ficar ao lado da cama da mulher rica enquanto ela dorme sem se dar conta disso tudo. Trata-se de um ato que Lise já fantasiou antes de hoje à noite, embora ainda não tenha executado, sendo em geral uma pessoa bacana demais. Mas hoje à noite, para Lise, tudo é possível (ou pelo menos muito mais coisas do que as que normalmente são possíveis; ver abaixo, ***Ainda está atordoada pelo que fez***). E também, no momento a sensibilidade de Lise a respeito de dinheiro está maior. Na semana passada, quando pôs o cartão do banco em um caixa automático do lado de fora do banco a máquina prendeu o cartão. Quando Lise foi ao banco na manhã seguinte para pedi-lo de volta, a assistente atrás do balcão se negou a devolvê-lo. A assistente, que era bem mais nova que Lise e que a olhava com aberta suspeita, disse que o cartão era propriedade do Banco e que Lise, cujos saques no cheque especial estavam deixando o banco extremamente preocupado, receberia agora um novo cartão, que lhe permitiria sacar apenas uma parte do dinheiro depositado na sua conta com o cheque do salário. A conta é chamada de Conta Solo. Ela normalmente é dada, Lise descobriu, para pessoas de quinze anos de idade. A assistente pediu o talão de cheques de Lise para poder *anotar seus dados*. Quando Lise passou o talão pelo buraco embaixo da divisória, a assistente rasgou o talão pela metade e o pôs em um envelope e o envelope em uma gaveta, que trancou. *Nós não podemos mais permitir que a senhorita faça mais cheques, senhorita O'Brien,* a assistente disse. *Este talão de cheques é propriedade do Banco.*

Mais tarde, ainda hoje, contudo, Lise vai sair do hotel carregando um cesto de papel cheio de moedinhas. Amanhã de manhã quando acordar caída sobre a mesa da cozinha ela vai achar o cesto de papel perto da lavadora e vai contar as moedas; vai chegar a quase vinte e cinco libras. Ela vai ficar satisfeita. Vai lembrar de ter pagado um café da manhã do hotel com esse dinheiro, e de ter comprado uns croissants e meio litro de leite para o seu café da manhã na padaria vinte e quatro horas no caminho de casa. Os croissants ainda estarão na sacolinha embaixo das peças do uniforme. Ela vai parti-los, colocá-los no grill e descer correndo para comprar manteiga. Ela vai comer os croissants com muita manteiga no almoço e vai se sentir rica, inesperadamente afortunada. Durante toda a noite de amanhã, o uniforme, que ela não teve tempo de lavar, vai carregar um leve cheiro de croissants.

O código da porta: 3243257. A não ser que esses números sejam apertados na ordem certa no painel da porta, a porta não destrava. Trata-se de um procedimento normal de segurança.

Daqui a seis meses Lise será incapaz de lembrar esse código. Ela nunca mais vai precisar lembrá-lo.

Segura o aparelho no ar: Lise, empolgada, não consegue decidir para quem ligar para contar sobre o seu ato de deixar uma pessoa sem-teto passar a noite em um quarto do hotel. Os amigos que entenderiam o que ela fez trabalham todos para o hotel também, e podiam desastrada ou desastrosamente traí-la e entregá-la às autoridades. Outros amigos que não trabalham no Global não compreenderiam todo o seu significado de rebeldia e a combinação de temeridade e coragem que foi necessária. Lise fica dividida por um momento entre a ideia de ligar para a sua mãe, Deirdre O'Brien, que compreenderia as ramificações do ato mas com quem Lise, neste estágio vinte para trinta anos da vida em que a sua opinião e o seu ressentimento em relação à mãe são mais pesados que a sua compreensão da complexa relação entre elas, de fato não deseja falar, preferindo viver aventuras cujo poder esteja em serem ocultadas de, ao invés de presenteadas a, sua mãe, que envelhece rápido demais, e que antigamente era uma vergonha em situações públicas.

9: O número que tem que ser discado primeiro para as linhas externas nos Hotéis Global.

Ainda está atordoada pelo que fez: Esta noite Lise, ao convidar uma sem-teto a residir durante a noite no hotel, de graça, provavelmente foi contra toda a Política de Qualidade da Global. Ao fazer isso, ela se fez sentir melhor.

Lise viu a sem-teto várias vezes na frente do hotel no passado. A sem-teto fica sentada no sol, no vento, às vezes na chuva; ela parece um budista meditando, palmas abertas viradas para cima. Lise pensou em outros momentos que deve ser uma vida dura mas uma vida boa, uma vida liberta. Ela acha que a mudança entre os sem-teto nos últimos anos é interessante; velhos bêbados e loucas de meia-idade antes; agora, cada vez mais jovens. Lise, incapaz de determinar a idade da sem-teto à sua frente na recepção, também não estava preparada para o cheiro forte que ela trouxe consigo para o saguão, embora ainda esteja satisfeita por estar fazendo tanto bem a uma pessoa por uma noite. Em um ato espontâneo de generosidade, ela vai listar o quarto 12 no computador para o café da manhã completo do Serviço de Quarto. (Embora um minuto depois ela vá entrar em pânico por causa disso e então apague a lista porque tem as suas iniciais; o computador está funcionando com a senha do turno dela. No entanto, é mais ou menos seguro ter envolvido Duncan; Duncan é taciturno, e Bell e Burnett, ambos, ainda têm um pouco de medo dele depois do acidente e têm poucas chances de interrogá-lo a respeito, caso alguém venha a descobrir. Ela tem a esperança, enquanto ele leva a sem-teto escada acima e enquanto espera que desça novamente, que a fraude o tire, empolgado, da SCE hoje à noite e talvez até o traga para uma conversa, como nos velhos tempos.)

Batuca com os dedos no balcão: Em um ritmo que se aproxima das primeiras frases do sucesso das paradas de 1962 na voz de Neil Sedaka, "Breaking up is hard to do". Ver acima, ***Versão instrumental de 'Breaking' etc.***

O tecido da lapela: Os uniformes do Hotel Global são 78 por cento poliéster, 22 por cento rexe. Eles provocam transpiração.

Cesto: Forrado de plástico, este cesto contém apenas um blister vazio de Advil (dela, Lise) e uma embalagem plástica com um rótulo que diz Massa St Michael e Salada de Espinafre com Frango, Tomate e Manjericão, agora vazia, a não ser pelo garfo plástico usado (originalmente pertencente ao senhor Brian Morgan, hóspede do quarto 29, que pediu que Lynda Alexander, recepção, turno da manhã, jogasse isso fora quando ele fez seu check-às duas da tarde).

Manchinha de sangue: Tipo A positivo.

Crachá com o seu nome: Crachás são parte da Política de Qualidade Global. O Kit de Treinamento da Política de Qualidade (GBR 1999) declara: *Qualidade é fazer as coisas como devem ser feitas, na primeira vez, todas as vezes. A forma de medirmos a qualidade é descobrir precisamente quanto dinheiro gastamos resolvendo problemas. Passamos um dia a cada quatro resolvendo coisas que fizemos errado. Temos uma grande quantidade de processos muito complexos, que recebem contribuições de pessoas em níveis diferentes. O Programa de*

Qualidade trata de possibilitar que as pessoas façam melhor todas as coisas valiosas que afinal deveriam mesmo estar fazendo. Se pudermos fazer tudo melhor e mais barato, podemos lidar mais facilmente com o crescimento, ter clientes mais satisfeitos, funcionários mais satisfeitos e administradores mais satisfeitos.

Ninguém da equipe desta filial do Global tem muita certeza do sentido de tudo isso, a não ser que tem alguma coisa a ver com a diferença entre o bom e o mau e a necessidade do melhor. A principal mudança causada pela instalação da Política de Qualidade Global foi o fato de que os membros dos níveis mais baixos da equipe passaram a usar crachás com primeiros nomes, e os gerentes gerais e os gerentes, com nomes completos.

Câmeras de vigilância na frente do hotel: A fiação que vai das câmeras de segurança até a Sala da Segurança nos fundos do prédio do hotel foi instalada (sob uma supervisão frouxa) por um aprendiz de eletricista. A energia da unidade da fachada cai toda vez que uma camareira bate com o lado do carrinho no cabo em um certo ângulo, no corredor dos fundos.

O fato de o sistema não estar funcionando adequadamente deu a Lise a oportunidade de oferecer o quarto 12 a uma sem-teto com a certeza de que ninguém da Segurança terá conseguido gravar os seus atos.

O pescoço dela está doendo: As glândulas de Lise estão inchadas no pescoço, embaixo dos braços e na virilha. Neste momento ela tem consciência apenas de um ligeiro desconforto embaixo das orelhas e do queixo que ela imagina provir de uma gola muito apertada no uniforme.

O relógio do computador: O relógio neste momento está 12.33 segundos adiantado em relação ao Meridiano de Greenwich.

O computador pode fornecer informações sobre os

hóspedes do hotel, os funcionários, tarifas internacionais e questões Globais mais gerais. Ele lista no seu arquivo de pessoal (ao qual apenas alguns membros da equipe têm acesso) os dados para pagamento e os endereços pessoais de todos os membros da Equipe Global, inclusive os de Joyce Davies, camareira, que mora em Vale Rise, número 27, Wordsworth Estate, e amanhã logo cedo será demitida desta filial dos Hotéis Global pela senhora Bell, que acredita (tendo recebido confirmações tanto de Lynda Alexander quando de Lise O'Brien, recepção, turnos da manhã e da tarde, de que o quarto 12 estava desocupado) que Davies deixou de cuidar do quarto 12 por um período de dois dias e portanto é direta ou indiretamente culpada, na falta de qualquer hóspede responsável, pelo prejuízo causado ao hotel por uma banheira que transbordou. As £373,90 libras de custos de substituição e secagem serão deduzidos do último contracheque de Davies.

Lise, atrás do balcão da recepção, está trabalhando: Lá está ela, Lise, atrás do balcão, trabalhando.

O saguão está vazio.

Daqui a pouco ela vai dar uma espiada no relógio do computador e vai ver o momento em que o número muda no mostrador, de um 1 para um 2. Ela vai ficar satisfeita de ver isso acontecer. Vai parecer de propósito.

Isso é antes. Isto era agora.

Lise estava deitada na cama. Estava caindo. Não havia história alguma como essa que você acabou de ler, ou pelo menos, se havia, ela ainda não tinha lembrado. Tudo que foi anteriormente dito estava ilembrado; afundado em algum lugar, meio dentro, meio fora da areia do fundo do mar. Algas ondulavam sobre ele. Peixinhos tresmalhados de grandes cardumes entravam e saiam dele em movimentos velozes, de boca aberta, respirando água.

E mesmo que ela tivesse lembrado, de que serviria a memória agora, afinal? Se fosse largada na água, por exemplo, como aspirina solúvel, ela se dissolveria para formar uma solução? Será que ela seria capaz de calar, ainda que apenas parcialmente, os sofrimentos de todos os tipos de dores cotidianas que a aspirina consegue calar? Leve e febril, o mundo de Lise rodava; e nesse giro os nomes de todos os seus lugares se soltavam e caíam para fora dele, deixando os mares e países apenas como espaços vazios, contornos à espera de um redescobrimento e de um rebatismo, as suas longitudes e latitudes distendidas e frouxas como elástico gasto. Ele rodava tão incansável e veloz que as suas pontes entravam em combustão espontânea, os seus prédios ardiam, seus céus eram implacáveis. Os seus pássaros, nos seus frágeis gravetos incinerados cantavam coros apocalípticos ao crepúsculo, à aurora e à luz do dia. Você só sente o gosto do óleo, o melro cantava na cerca calcinada do jardim. É só cair no banho, os pombos arrulhavam graves nas folhas em chama da figueira. Quero coisas boas para comer, os pardais piavam enquanto caíam atravessando a fumaça e se erguiam e caíam novamente.

Em algum lugar — estava prometido — haveria limpeza, uma sensação de ter sido esfregada, nova em folha; haveria milharais, árvores, ar, alimentos puros e saudáveis; haveria bondade, simplicidade, claridade; haveria um bálsamo para membros doloridos.

Lise estava dormindo.

Quatro horas.

A mãe de Lise pôs a sua chave na fechadura, girou,

empurrou a porta da frente e entrou. Ela fez isso com uma insegurança consciente. A sua mão se continha tanto que quase tremia.

Foi silenciosamente até o quarto de Lise. Preparou o rosto para dizer oi. Lise estava dormindo. O rosto de oi não era necessário. A sua mãe o manteve no lugar, caso Lise acordasse.

Eram sete passos de um cômodo ao outro no apartamento de Lise. A sua mãe se esgueirou até a cozinha, segurou a respiração, fechando a porta para que Lise não ouvisse o farfalhar das sacolas. Soltou a respiração, abriu o armário. Pôs ali coisas em latas e caixas; atum, feijão, cavala, musli. Pôs os tomates e as batatas frescas e a salada e os molhos de salada e o salmão *gravadlax* e os potinhos separados de iogurte orgânico na geladeira. Logo ela ia comprar uma geladeira nova para Lise, se Lise deixasse. Ela pôs as frutas em uma tigela de café da manhã e, depois de ter limpado a tábua de pão, o pão na tábua. Pôs a embalagem de sopa perto do fogão, para mais tarde, pronta para quando Lise acordasse.

A mãe de Lise abriu a porta; ela rangeu de novo. Mas Lise não tinha acordado. Calada, ela atravessou o tapete para ligar a tomada do telefone na parede, apoiou-se na parede e olhou a sua filha, a destemida Lise criança, imperturbável aos doze anos, incompreensível aos dezesseis, menina inalterável, adulta impenetrável, Lise. Lise estava na cama. Estava pálida, desmontada, cara franzida, escura, dormindo. Respirava irregularmente.

O corpo todo da mãe de Lise doía, porque só ficar perto da filha já doía. Linhas se metiam pelo seu rosto enquanto olhava para ela. Ela preferiu olhar para a cama. Havia papéis na cama. Sem incomodar Lise, ela pegou o livreto de cima da colcha. Sobre você — continuação. Ficar de pé. Precisamos saber se você tem qualquer dificuldade para ficar de pé. Por ficar de pé nós nos referimos a ficar de pé por conta própria, sem o auxílio de uma outra pessoa, ou sem se segurar em alguma coisa. Usar as mãos. Por favor marque a primeira afirmação que se aplique a você. Eu não consigo virar as páginas de um livro. Eu não consigo pegar uma moeda de dois pence com uma mão mas consigo com a outra. Ver. Falar. Ouvir. Eu não ouço bem o bastante para entender alguém falando em uma voz normal em um cômodo silencioso. Controlar a bexiga. Marque apenas um item. Outras informações — continuação. Por favor use este espaço para nos dizer qualquer outra coisa que você ache que seja necessário sabermos.

Havia algo escrito a lápis no espaço desta última página. A mãe de Lise virou o papel para a luz da janela para poder ler. Era difícil de entender. Eram duas palavras. Parecia ser a palavra *banheira* e depois a palavra *contar*, ou a palavra *cantar*.

Ela largou o formulário na cama. Ficou olhando Lise respirar. Ficou olhando o nada acontecer no quarto. Ela ficaria montando guarda até Lise acordar.

Ela se inclinou para pôr o dorso da mão contra a testa da filha, para verificar a temperatura dela. Cuidadosamente ela tirou o cabelo da testa de Lise, colocou-o atrás da orelha da filha, longe dos olhos. Ela voltou a se sentar, encostada à parede do quarto.

Ah, o amor.

PERFEITO

Com um dedo de uma das mãos Penny digitava palavras. Com a outra mão ela apertava números no controle remoto da TV do hotel.

Clássico, ela digitou. Ideal.

Uma estrela country na tela da TV dizia para a câmera o quanto Deus amava Nashville. Ele ama a cidade. É um lugar na América, uma parte da América, que Deus ama especialmente.

Iretocável, Penny digitou. Ela deletou o I e o substituiu por outro r. Depois ela colocou de novo o I na frente.

Clássico Ideal Irretocável, dizia a tela do computador.

Ela ficava passando de canal a canal. A TV deste hotel tinha um canal de filmes pornôs aberto, talvez deixado pago pelo último hóspede. Duas moças que balançavam aparatos presos a seus corpos se revezavam uma na outra enquanto um homem com cuecas de couro as encorajava com tapas na bunda e gemidos. Penny ficou assistindo. Sua boca lentamente se abriu. Ela apertou os olhos. Como se soubesse que ela estava assistindo, como se estivesse esperando que ela começasse, o canal fechou o sinal.

Merda, Penny disse.

IIIIIIIIIIIIIIIIIIIIIIIIIIIIIIIIIIIIIIIIIIIIIIIIIIIIIIIIIIIIIIIIIIIIIIIIIIIIIIIIIII IIIIIIIIIIIIIIIIIIIIIIIIIIIIIIIIIIIIIIIIIIIIIIIIIIIIIIIIIIIIIIIIIIIIIIIIIIIIIIIIIIIIIIIIII IIIIIIIIIIIIIIIIIIIIIIIIIIIIIIIIIIIIIIIIIIIrretocável, a tela do computador disse.

Penny riu. Ela deletou os Is extras. Apareceram palavras na tela da televisão pedindo que Penny digitasse certos números no controle remoto para comprar o direito de voltar a assistir ao canal. Penny levantou da cama do hotel e olhou o cartão que os hotéis põem nos controles remotos, mas não conseguiu encontrar os números do pay-per-view ali. Olhou embaixo da televisão, que agora estava calada, tela vazia. Olhou por toda a mesa e nas gavetas. Folheou os panfletos de informação sobre os restaurantes locais e o teatro. Ela voltou para a cama, sentou de pernas cruzadas diante do laptop e tentou apertar números aleatórios no controle. 3554. 8971. 1234. 4321. Ela se reclinou e pegou o telefone e discou 1 para falar com a recepção. Mas ninguém atendeu, e quando ela se virou para colocar o aparelho de volta no gancho, sem querer apertou com o joelho o botão que muda os canais no controle remoto.

Um homem em um terno elegante num estúdio de TV estava dizendo alguma coisa para um homem com um suéter, que estava de pé em meio a um público que parecia composto de gente velha e desempregada.

Mas ela está ali, bem ali, o homem do terno dizia. Acredite em mim, ali, isso mesmo, ali, ele dizia no microfone. Ela está um pouco à sua esquerda, logo atrás de você. Quem é ela. Ela é a sua mãe?

Penny acendeu um cigarro. Soltou a fumaça; ela sumiu acima da sua cabeça.

A minha mãe não está morta, o outro homem disse. Esta

aqui é a minha mãe. Ele gesticulou na direção de alguém que estava sentado ao lado dele no público e a câmera achou o rosto dela; era enrugado e desorientado, iluminado pela repentina luz da câmera de modo que parecia assombrado, divino.

Imaculado, Penny pensou. Imaculado, digitou.

O público na TV estava rindo. O homem com o terno repentinamente tinha posto as mãos sobre os ouvidos. Seja quem for, ela está gritando mesmo, agora, ele disse. Quem é ela? Ela está gritando num volume de acordar os vivos.

O público riu de novo.

Eu tenho uma tia morta, o homem do suéter disse. Pode ser ela.

Você sabe o que ela está gritando agora? Ela está gritando, *Eu* não estou morta, o homem enternado disse. Ele fingiu uma voz aguda. *Eu* não estou morta, ele disse. Não venham *me* chamar de morta! *Eu* não estou morta!

É ela, é a minha tia Alice, o homem do suéter disse. É ela, com certeza. É assustador. Ela era bem assim mesmo.

Penny apertou o botão de desligar; o sinal atravessou invisível o quarto; a TV desligou. Ela sugou a ponta do cigarro, soltou a fumaça com um suspiro. Todas as pessoas que morreram, ainda aqui; marchando e cobrindo a terra e todos os países da terra, flutuando entre massas de passageiros de terceira classe mais amplas que o próprio mar, ou paradas em filas enormes engarrafadas por todo o mundo como carros engavetados nas autoestradas de três pistas que levam a Londres, lotando as cidades, vilarejos, lojas, escritórios, quartos, quem sabe até este quarto de hotel, de pé atrás do seu muro invisível e batendo nele com os punhos e todos gritando mudos, Nós não estamos mortos! Não venham chamar *a gente* de mortos!

Ui, Penny ouviu a sua voz dizer, e tentou tirar isso da cabeça, mas não conseguia deter a ideia que se expandia por conta própria até incluir os dinossauros que foram reduzidos às marcas deixadas pelas suas vértebras em pedras e depósitos de sedimentos, e mamutes do tamanho de casas com o pelo embaraçado e congelado nas profundezas dos desertos russos, e leões e tigres abatidos e esfolados, e os cervos decapitados que tinha visto em salas de estar e restaurantes, os faisões mortos que ficavam pendurados nos galpões do seu pai, apodrecendo, para melhorar o gosto. Depois os cavalos e cachorros e gatos que tinha conhecido (e o seu coração se contraiu, ela não conseguia evitar, com a lembrança dos focinhos quentes já inexistentes, ela pensou nos cascos e patas pegajosas, os incomparáveis flancos peludos desses animais e o líquido iluminado dos seus olhos, os cavalos se trombando no terreno da casa, os cachorros saltando e rolando e dando oi com os seus ganidos, os gatos com o rabo no ar, desaparecendo da frente dela pelos corredores encerados e subindo e descendo as escadas dos fundos). E não só esses, ela se disse, para esticar mais a ideia, e levá-la para mais longe disso que provocava esses sentimentos sobre animais mortos e desaparecidos havia anos. Os animais do zoológico também, ela pensou inerte, uma espécie depois da outra, do aardvark até a zebra. E se todas as galinhas e os seus ovos, e as vacas e os seus bezerros, e os diferentes tipos de peixes, e os porcos e ovelhas e carneiros, todas as centenas de criaturas que ela própria — só ela, ninguém mais — tinha comido durante essa meia vida que vivera, estivessem esperando ali também, e os pios fantasmagóricos acima deles, de todos os pássaros que um dia atravessaram voando o seu campo de visão, visitantes de passagem por ele. Todos os ratos que ela viu garroteados em armadilhas e todos os ratos e raposas envenenados, mortos, deitados de lado com as línguas penduradas para fora. As borboletas de um só dia, e as mariposas que ela tinha visto se torrar nas lâmpadas, e as varejeiras achatadas, amarelas e estouradas. Todas as mosquinhas de frutas que ganharam a vida com as suas rotas de voo irregulares, os minúsculos besouros de dorso duro que moravam em vigas de telhado e que ela às vezes achava na cama e esmagava entre o indicador e o polegar, e até os germes suspensos no ar que viviam e morriam e só pelo sistema dela já passavam em invisíveis bilhões. Todos eles, todos eles, todos eles, esmurrando a muralha que ela não podia ver com punhos, patas e cascos e antenas e aqueles filetinhos finos amebianos, todos invisíveis, urrando e uivando nos seus mudos idiomas, latindo e grasnando, fungando e miando, mugindo e zurrando e piando e guinchando e zumbindo e assoviando esse idioma, Ei, você aí! Nós não estamos mortos! Não venha chamar *a gente* de mortos!

Que barulho infernal, Penny pensou, piscando. Que barulho terrível e infinito. É bom mesmo que na verdade a gente não consiga ouvir. Lembre, a morte vem. Lembre, amor, TV. Penny riu alto, pegou a caneta e tomou nota. Mas com a TV desligada e o som da sua própria risada morrendo ela agora podia ouvir silêncio demais, e logo atrás do silêncio os movimentos anônimos das pessoas nesse prédio lúgubre que não tinham a menor ideia de quem ela era, ou mesmo de que estava ali, e o anônimo arrastar de pés dessa lúgubre cidadezinha de um-só-teatro tarde-da-noite para lá do hotel na vista alta da sua janela.

Ela preferiu se forçar a ouvir o que fazia o seu dedo nas teclas do teclado na cama à sua frente enquanto escolhia as letras certas das palavras certas.

Superior, ela se ouviu digitar.

Transcendente.

Ela pensou um momento, segurando o queixo.

Nada fica a desejar, ela digitou sob as outras palavras. Ah, essa é boa, ela se ouviu dizer em voz alta. Nele, nada fica a desejar. Nada ficava a desejar. Se você está à caça de um lugar onde nada fica a desejar. Se você procurar o lugar clássico, o lugar ideal, o lugar irretocável, imaculado, não. Superior. Transcendente, não.

Ela deletou transcendente e imaculado.

O lugar superior onde nada fica a desejar, ela disse para o quarto vazio à sua volta. O quarto respondeu fechando-se sobre ela. As suas paredes se avolumaram, o seu teto baixou como a ameaça de um céu feio.

A água do banho estava morna. Penny ligou lá embaixo para reclamar. Enfim, a água que saiu das torneiras parecia enferrujada, tinha uma cor amarela; o teto precisava de uma reforma neste quarto; tudo pretendia aparentar luxo e parecia ligeiramente mequetrefe. Havia incompreensíveis arranhões na parede mais próxima da porta; havia um ruído zumbido na TV do quarto quando ela sintonizou o Canal 4; os carpetes eram mais gastos do que pareciam de cara; os lápis, as canetas e os artigos de papelaria eram de qualidade apenas razoável; o xampu tinha sido misturado com água; as marcas de chá e café de cortesia não impressionavam.

Penny se recostou na cama. A cama rangeu.

Isso também, Penny pensou. A cama rangia.

(Ela pensou bem assim, como se estivesse contando isso a alguém mais tarde, embora na verdade ainda estivesse ali no quarto, pensando essas coisas.)

Ela se deitou. Hotéis eram um fingimento tão grande. Ela estava de saco cheio.

Ela ficou de saco cheio naquele lugar.

Com um pé ela empurrou o computador lentamente pela

cama, para longe de si. E mais, e mais, e ainda mais, até ele estar equilibrado meio-inclinado meio-oscilante, bem na borda da cama. Com um empurrão firme ela o chutou dali. Ele caiu no chão.

Ela riu.

Aí lhe ocorreu que ele podia ter quebrado. Ela fez uma cara séria.

Merda, ela disse.

Mas se estivesse quebrado, podia dar uma boa história. Assim: era bem naquele hotel que eu ia ficar quando o meu Powerbook novinho quebrou. Espera só até eu te contar como foi. Bom. Então. É uma cidadezinha velha e meio tosca, lá, embora pareça toda civilizada, a arquitetura e tal. Não é que a prefeitura não gaste um monte de dinheiro e de trabalho com arte e essas coisas, a cidade inteira está cheia de esculturas e de murais, você anda pela zona de pedestres e fica literalmente trombando em arte cívica. Mas, com toda a sinceridade, eu não poderia dizer que isso tenha feito alguma diferença.

(Para quem? O quê? O que foi que aconteceu, Penny? O barulho dos talheres largados na mesa, o ligeiro tinido de copos nas mãos e no ar, a progressiva calma de, a linda impaciência de, satisfeitas gargantas que se limpam para, uma história depois do jantar.)

Primeiro eles pegaram a minha valise.

(Eles *o quê*? Quem? Quem pegou?)

Um deles, de pé bem aí, como se fosse você perto de mim, estava revirando a minha mala na cara dura. Todos os meus cartões estavam lá. Estava tudo lá, tudo que eu preciso para a minha vida inteira.

(Penny, você não ficou morrendo de medo?)

Fiquei, fiquei gelada.

(Mas eram quantos, Penny?)

Eram cinco. Acho. Mas eu não lembro direito, ficou tudo meio um branco. Enfim, não tinha viv'alma na rua. Nenhum carro passando, nenhum táxi, ninguém. Nada. O meu pior pesadelo. De verdade, eu nem acredito no que eu fiz depois.

(O quê? O quê? O que foi que você fez?)

Porque a minha garganta estava seca que nem areia. Mas de repente eu me ouvi dizer para o líder do bando, esse monstro imenso de tipo, não sei, dezoito anos —

(Risos.)

Não, sério, escutem. Foi isso que eu disse, eu disse: se você encostar em mim. Se qualquer um de vocês encostar um *dedo* em mim, ou em qualquer coisa minha. E se você não disser para esses teus capangas largarem as minhas coisas neste exato momento. Acredite em mim, eu vou largar o peso da lei inteira na cabeça de vocês tão rápido que vocês não vão nem entender o que foi que aconteceu. E vai ser mais ou menos *assim*.

E aí eu fiz.

(Fez? Fez o quê? O quê, Penny, o que foi que você fez?)

Eu dei na cabeça do bandido com o Powerbook.

(O quê? O quê? Você fez o quê? Risos, incrédulas aspirações de ar, femininas e masculinas.)

Fiz mesmo – dei nele com o Powerbook. O troço é pesadinho. Quase que nem eu acredito, ainda. Vocês me conhecem. Eu sou incapaz de qualquer tipo de violência. Quer dizer, eu não consigo matar uma mosca. Mas fazer o quê, e eu fiz. Dei nele com tanta força que ele caiu, ele meio que se ajoelhou. E os outros, eles só deram uma olhada para ele no chão e saíram correndo, correndo mesmo, largaram a minha mala e a minha valise, jogaram a minha bolsa na calçada, e saíram todos correndo e me deixaram ali de pé no meio da rua. Quer dizer, eu dei sorte. Não levaram nada. E a minha mala estava em ordem. A minha valise estava em ordem. Mas claro que quando eu tentei usar o Powerbook ele estava quebrado. Milhares de libras. O peso de milhares de libras em tecnologia. Eu tinha quebrado o computador na cabeça de um assaltante de dezessete anos.

(Risos, alguém dizendo *nocaute*, aplausos, parabéns, tosses de apreciação.)

Muito boa essa, Penny pensou na cama. Não foi irretocável, mas foi bem clássica. Não foi transcendente, mas dava para o gasto.

(Mas e o menino? uma das vozes na sua cabeça interrompeu enquanto copos voltavam a tinir e a fumaça dos cigarros se enroscava por sobre a mesa. Ele morreu? Ele levantou e saiu correndo junto? Ele ficou ali aos seus pés?)

Penny ficou considerando para ver o que ela preferia. Ela heroica e abalada e sozinha em uma rua abandonada com as malas aos seus pés, as pegadas desaparecendo na tosca cidade chuvosa do norte. Ou ela heroica e abalada e nada solitária, de pé com um menino abatido (e possivelmente bem bonitinho) enroscado e sangrando no calçadão atrás dela, os seus saltos finos perto dos olhos dele; depois um hospital, ou a polícia, ou um táxi, ou a casa dos pais dele, manter contato depois, o que seja, coisa assim. Foi uma aventura. Foi —. Foi uma —. Podia ter sido —.

Não importava o que aquilo podia ter sido; para ela essa história estava acabada porque ela tinha se esticado e arrastado o computador para cima da cama pela alça, aberto, apertado o botão de ligar, e ele tinha ligado bem direitinho, de volta à vida, não estava nem um pouco quebrado.

Mas ela tinha perdido as palavras que estava digitando. Ela não tinha salvado nada. Desapareceram completamente. Merda. Ela ia ter que começar de novo. Caralho de boceta de bosta da puta que pariu do caralho. Ela deu um tapa na máquina, como se a máquina tivesse sido insolente com ela. Ela balançou na colcha.

Superior, ela pensou. Abriu um documento novo e digitou. Superior, sim. Mas ela não conseguia lembrar as outras.

Ela podia ouvir alguém andando de um lado para o outro e batendo nas portas no corredor da frente do seu quarto.

Podia ser bom sair desse quarto. Era possível que ela só estivesse precisando de um estímulo externo. Alguém fora deste quarto podia saber outra palavra para superior.

Ela rolou para fora da cama e abriu a porta.

Com licença, ela disse. Eu estava imaginando.

Tinha alguém com um uniforme da cor dos do hotel mexendo em alguma coisa na parede do outro lado.

Por favor, Penny disse.

A pessoa não se virou, estava examinando a parede.

Penny tentou de novo.

Será que você podia me dar uma ajuda? Você sabe como funcionam as configurações da TV?

Ela foi até lá.

Com licença? Ela disse.

A pessoa pulou, virou para ela, deu meio passo atrás. Era só uma menina, loura, não muito velha, menos de vinte, talvez dezesseis, Penny pensou. Ela parecia magra, com as pálpebras escuras, exatamente como deveria para ser a menina de dezesseis anos ideal, e Penny se descobriu pensando, ela está perfeita. Um tricô ou peles, ou algo nortenho-invernal-urbano na seção Estilo.

A menina parecia amedrontada, como se pudesse disparar para a saída de emergência. Então o seu rosto ganhou coragem.

Você tem alguma coisa afiada? ela perguntou com sotaque.

Afiada? Penny disse, um pouco encantada. Não. Eu estou totalmente desarmada.

Penny sorriu. A menina não sorriu.

Uma lixa de unha ou um canivete, ou alguma coisa que corte, ela disse.

Eu — hmm. Bom, não sei, Penny disse. Espera. Espera aqui um minuto.

Qualquer coisa afiada serve, a menina estava falando enquanto ela entrava no quarto.

Penny voltou com a sua bolsa de maquiagem. Eu tenho isso aqui, ela disse. Serve?

Ela entregou uma pinça de sobrancelhas para a menina; a menina pegou a pinça e segurou para ver as pontas. Penny viu as mãos adolescentes girando; não tinham rugas, eram pálidas, suscetíveis. Ela ergueu os olhos. A menina estava sacudindo a cabeça.

Muito pequeno, ela disse.

Penny estava desapontada. Tem certeza? ela disse. Esvaziou o estojo de maquiagem no carpete. E essa aqui? É bem afiada, ela disse e ergueu a sua tesoura de unhas.

A menina pegou a tesoura e voltou para a parede. Ela mexeu em alguma coisa com as lâminas.

Não, ela disse. É muito fina, aquela parte ali é muito pequena. Tem que ser mais grosso. Você tem uma moeda de dois ou de dez pence?

Ah não, eu nunca ando com dinheiro, Penny disse.

A menina olhou para Penny tão irritada que Penny sentiu o olhar atravessá-la. Então a menina suspirou, e lançou um olhar para o quarto de Penny. Eles não te dão uma faca ali? ela disse. Ou uma colher, uma colher de chá, alguma coisa assim?

Uma colher de chá? Penny disse. Tem sim, acho que tem. Deve ter, né? Espera um minuto. Aguenta aí.

Ela foi virando os pires e xícaras tilintantes da bandeja do seu quarto para encontrar a colher de chá; trouxe-a, triunfante, para a menina da seção de Estilo na parede. A menina pegou a colher e deu uma olhada. Os olhos dela tinham uma cor escura. Tinha uma cara muito interessante. Ergueu os braços e mirou a colher, meteu uma das pontas da colher no que Penny agora podia ver que era a cabeça de um parafuso na altura do nariz da menina.

É, dá certinho, a menina disse.

O coração de Penny se ergueu.

Mas — esse negocinho aqui — não — deixa ela entrar direito — para eu poder segurar, não. Não.

Deixa eu tentar, Penny disse.

O bojo da colher era muito abrupto e muito curvo; a borda não cabia na fenda do parafuso. Ela tentou com a parte do cabo. Era larga demais, nem passa perto de caber.

Nada, Penny disse. Mas uma chave de fenda resolvia em um minutinho. Você precisa de uma chave de fenda.

A menina a ignorou. Era de se imaginar que se houvesse uma chave de fenda no térreo ela a teria trazido, Penny pensou. Ou vai ver que tinha esquecido. Talvez ela tivesse sido mandada para cá para fazer uma tarefa e levaria uma bronca se não fizesse e estava com medo demais para descer sem ter terminado.

Agora a menina estava escavando por trás do parafuso com a colher.

Não faça isso, Penny disse. Você vai, como é que chama... Você sabe. Vai espanar. Vai quebrar o parafuso. Vai ficar mais difícil de tirar depois.

A menina parou imediatamente. Por um momento Penny realmente pôde ver a infelicidade, grossa como veludo, exuberante, dramática e franzida como uma cortina prestes a cair sobre a cabeça da menina. Então ela piscou e a ideia sumiu.

Hmm, Penny disse. Ela preferiu olhar para a parede.

Havia parafusos segurando um pedaço da parede no lugar. A menina tinha começado a trabalhar com a ponta da colher no que Penny agora podia ver que era uma estreita fatia de espaço livre, a tinta rachada onde ela tinha escavado desgraçadamente, entre a parede e o pedaço extra de parede aparafusado.

Algo no rosto da menina, o quanto estava fechado, o quanto demonstrava certeza, e o quanto era singularmente puro, fazia Penny querer fazer alguma coisa, qualquer coisa.

Não, Penny disse. Espera. Eu vou dar uma olhada. Fica aqui esperando.

Assim era muito melhor. Assim estava excelente, Penny pensou enquanto empurrava as portas corta-fogo e descia a escada aos saltos. Penny estava passando outra noite melancólica lidando com outro trabalho publicitário em outro hotel quando de repente absolutamente por acaso ela se tornou uma engrenagem no mecanismo de alguma coisa que de fato estava acontecendo. E se eu ajudar aquela menina, Penny pensava enquanto saltava de um degrau para o outro, aquela menina vai lembrar sempre de mim como a pessoa bacana que a ajudou na noite em que ela estava, estava, fazendo sei lá o que ela está fazendo. E eu vou lembrar sempre disso, também, e daqui a muitos anos vou pensar nesta noite como a noite em que eu ajudei a camareira adolescente interessante a tirar os parafusos da parede do hotel.

Isso era entusiasmante para Penny. Ela tinha descido as escadas de incêndio como se a escadaria fosse a de um filme e como se ela fosse a heroína descendo com o seu vestido para o baile, todos no pé da escada segurando as suas taças à luz do candelabro e esperando apenas por ela. Ela estava procurando (graciosa, decorosamente, no seu vestido de baile de Princesa Sulista) alguma coisa pontuda, ou alguma coisa afiada. Os extintores, não. Ela voltou para o aveludado (aveludado, ela pensou, uma palavra boa, são palavras boas, aveludado, veludo) de outro andar do hotel. As fotos emolduradas de cenas locais, de vacas no campo e uma ponte entre colinas, não, nada afiado aqui. A primeira pessoa que viu foi uma mulher de pé na frente da porta de um quarto, e foi assim que Penny veio a conhecer, naquela noite, uma das pessoas mais interessantes que tinha conhecido em muito tempo, que ela tomou de início, completamente equivocada e por causa do velho sobretudo longo, elegante, e algo malcheiroso que estava usando, por uma hóspede excêntrica meio drogada ou quem sabe até uma roqueira de segunda grandeza.

A mulher estava com uma cara meio sem-graça quando Penny se aproximou, antes mesmo de Penny perguntar se tinha alguma coisa afiada. Então, depois que Penny tinha perguntado duas vezes, ela sacudiu a cabeça.

Está acontecendo alguma coisa no andar de cima, Penny disse. Você por acaso não tem umas moedas à mão, tem?

Ahmm, a mulher do sobretudo disse. Ela parecia atordoada. Olhou para a esquerda e depois para a direita. Parecia tímida.

A gente só precisa de uma moeda, Penny disse. Tem meio que um parafuso na parede, que a gente está tentando soltar. A gente acha que dava para soltar com uma moedinha.

É? A mulher disse. Depois ela disse, Mas tem dinheiro que é mais magro. Que os outros.

Penny riu, encantada com a ideia do dinheiro magro. A mulher a encarava, espantada.

A questão é a seguinte, Penny disse. Ela se inclinou,

cúmplice. A gente está tentando tirar alguma coisa da parede, ela disse, até onde eu pude entender. Aquela, sei lá como é que chama, a fenda que tem na cabeça do parafuso, sabe, é mais ou menos desse tamanho. Ela ergueu o indicador e o polegar, quase juntos.

A mulher do sobretudo encarava a distância entre eles.

Então se você por acaso tivesse uma moeda de dois ou de dez, Penny disse.

Hmm, a mulher disse. Ela se afastou. Em algum lugar do casaco dela tilintavam moedas. Penny riu novamente. Então ela olhou, surpresa, para os pés. Estavam repentinamente frios. A água tinha mudado a cor da camurça das botas de Penny. O carpete embaixo delas estava empapado. Penny ergueu um pé depois do outro e olhou as solas que pingavam.

Merda, ela disse. São novinhas.

O quarto está, ãh, vazando, a mulher disse.

Isso também fez Penny rir. A mulher a olhou de boca aberta, então ela passou o braço pelo da mulher e lançou-se com ela, tilintante, pelo corredor.

Vamos, ela disse. Suba comigo, vai ser divertido. É uma coisa nova, se divertir no trabalho. Eu sou Penny. Você é?

Eu sou o quê? a mulher do sobretudo disse.

Penny rolava de rir.

Vocês têm alguma coisa afiada? a menina virou para as duas, absolutamente como se nunca tivesse visto Penny antes, quando Penny e a mulher chegaram sem fôlego no patamar do último andar. Penny ficou meio decepcionada.

Esta senhora aqui tem tudo que a gente precisa, ela disse, mantendo o braço em volta dos ombros da mulher e a conduzindo, porque a mulher do sobretudo tinha dado dois passos para trás, na direção das portas corta-fogo, indo contra a força de Penny. Agora ela tinha escapado de debaixo do braço de Penny, agachada onde estava quase como se tivesse recebido uma ordem, e começou a tirar punhados de dinheiro do sobretudo para largar no carpete. Uma mão depois da outra apareciam de dentro do casaco, cheias de moedas. Era atordoante, Penny pensou, ver tantas moedinhas em um só lugar, ao mesmo tempo.

A mulher sacudiu o sobretudo, tateou o forro, largou umas últimas moedas.

Um pouco é meu mesmo, ela disse.

E menina mexeu nas moedas com o pé. Ah, sim. Um telefone tocou, ela disse.

O quê, o meu celular? Penny disse.

Não sei, a menina disse. Um telefone ali. Tocou, e daí parou.

Certo, Penny disse. Era um toque assim meio agudo? Era... tocava tipo assim uma musiquinha?

Eu não sei, caralho, a menina rugiu. Ela se levantou, revirando o dinheiro na mão, e foi para a parede.

Penny tinha decidido que não gostava muito da adolescente. Ela estava imaginando se a gerência tinha notícia da postura de certos membros da sua equipe. Ela voltou para o quarto e viu se havia mensagens no celular, mas não havia e nada estava piscando no telefone do hotel para sugerir que alguém tivesse deixado uma mensagem para ela ali. Ela verificou a carteira no bolso do casaco no guarda-roupa para garantir que o cartão de crédito e o cartão do banco ainda estavam intactos. Verificou a bolsa para ver o talão de cheques e olhou dentro da mala para ver se alguém tinha mexido ali.

La fora, o corredor estava coberto de dinheiro, como se fosse o padrão do carpete.

Tinta, a mulher estava dizendo.

A menina olhou para Penny. O que ela está falando? ela disse.

Ah, Penny disse. Nenhuma moeda serviu? Ela se inclinou e pegou um punhado de moedinhas. Você tentou com todas? Aparentemente tem dinheiro que é mais magro que os outros, você sabia?

Tinta, a mulher no chão disse, sacudindo a cabeça. Preso.

Eu não entendo o que ela está falando, a menina disse.

Ah, Penny disse. Não vai soltar? Que pena. Depois de tudo isso.

Ela tentou uma moeda de um penny em um dos parafusos. Cabia, por pouco, se ela empurrasse bem, mas o parafuso não rodava. Ela tentou de novo. Mudou o ângulo em que segurava a moeda. Não rodava.

É a tinta, ela disse para a menina. Como o parafuso foi pintado, ele não vai destorcer.

O rosto da menina se desmontou; parecia furioso, depois perdido, depois a vida sumiu dele. Penny começou a pensar em planos B. Senão esta história ia acabar, esta noite escaparia das suas mãos sem ter sido resolvida, ela estaria daqui a pouco de volta ao quarto, escrevendo textos desimportantes, e de qualquer maneira Penny não suportava ser derrotada. E podia dar uma boa história. Então ela podia, por exemplo, se quisesse ser bacana (e se a adolescente estivesse disposta a ser bacana com ela em troca) voltar para o quarto e tentar achar um supermercado vinte e quatro horas na lista de telefones. Se achasse um, e eles certamente tinham um desses por aqui, hoje em dia eles estavam por toda parte, lógico, ela podia perguntar se eles tinham ferramentas elétricas. Se eles tivessem, ela podia lhes dar o número do cartão de crédito do jornal e depois pedir ressarcimento das despesas. Ela podia ligar para uma empresa de radiotáxi, dar o número do cartão de crédito também e pedir para eles entregarem a ferramenta e o recibo no hotel. Se não houvesse mercados vinte e quatro horas, ou se os mercados vinte e quatro horas não tivessem ferramentas elétricas, ela podia perguntar para a pessoa da empresa de radiotáxi se algum dos seus ou das suas motoristas tinha ferramentas elétricas que pudessem levar imediatamente até o hotel caso ela pagasse bem pelo serviço —

E aí girou.

A tinta em volta do parafuso tinha se soltado, fazendo um barulhinho; o parafuso tinha se mexido um pouco para trás na sua espiral; a menina, tensa ao lado dela, havia inspirado, ah.

Fácil. Agora. Vamos ver o que mais a gente pode fazer, Penny disse, o coração subitamente enlevado.

Porque tinha sido Penny, fosse lá o que fosse que aconteceu. Com uma volta de cada parafuso ela soltou a tinta dos quatro de cima e soltou toda a fileira de cima o suficiente para que meia (pequena) mão deslizasse por trás do painel da parede. Então a menina e a mulher pegaram uma de cada lado e puxaram. Os pés da menina saíram do chão. Mais tinta rachou. Madeira rachou. Som rachou. As duas caíram para trás quando o painel se soltou da parede e fragmentos, estilhaços de madeira voaram para cima delas. Lá de dentro voou um ar envelhecido, embolorado. Voou pó, pairou no ar, desceu por ele e se acomodou no carpete do hotel.

Penny e a mulher e a menina colocaram as cabeças no vazio.

Mas aqui não tem absolutamente nada, Penny disse.

Fundo, a mulher do sobretudo disse. A voz dela ecoou um pouco quando se inclinou para o buraco. Jesus, ela disse. O *uundo* e o *uus* do que tinha dito amplificados em torno das cabeças das três.

A menina não abriu a boca.

Penny tossiu. Empoeirado. Ela se retirou para a luz do corredor e viu que a parede estava rasgada por um buraco, preto e retangular, um espaço que deveria ter sido coberto por um quadro ou onde um cofre poderia ter sido explodido por foras da lei. Ela estava com a ponta do indicador e do polegar amortecidas, sensíveis, vermelhas e marcadas onde tinha segurado as moedas e afrouxado os parafusos; o desenho do dinheiro estava impresso na sua pele. Esfregou as pontas dos dedos uma na outra. Ela se sentia enganada. O painel, torto e meio quebrado, estava apoiado contra a porta aberta do seu quarto. Ela havia ajudado a tirá-lo e atrás dele havia um longo poço de absolutamente nada.

Penny sabia que estava um pouco chocada. Ela sentou no carpete. Havia lascas de madeira e de tinta branca entre o dinheiro espalhado e a sombra, o delineador, o gloss da sua bolsa de maquiagem. A mulher do sobretudo estava fazendo alguma coisa com o dinheiro atrás de si; ela podia ouvir o tlim-tlim suave de uma moeda contra a outra. Penny apanhou uma lasca de madeira branca. Cutucou o dedo com ela para ver o que podia sentir.

Nada.

O nada que percorria todo o hotel como uma coluna vertebral a deixara aterrorizada.

O que você achou que tinha ali atrás?, ela perguntou para a menina. Dentro da sua garganta o pânico escalava com as suas garras. O que eles te mandaram procurar aqui? ela disse.

A menina estava passando a mão pela borda, onde a parede acabava e começava o espaço atrás dela. Grandes pedaços de madeira cheios de farpas ainda estavam aparafusados onde a madeira se rompera mas os parafusos ficaram. Eles se projetavam como dentes brancos na boca do buraco da parede. A menina se inclinou para dentro do buraco até a cintura e Penny foi tomada pelo impulso de segurar os seus tornozelos caso ela caísse, mas exatamente quando ela estava a ponto de se atirar para o outro lado do corredor, a menina irritante se endireitou e saiu dali de novo, caminhou pelo corredor e apanhou algumas moedas. Agora ela estava jogando moedas ali dentro, uma a uma, soltando as moedas da mão. O dinheiro caía no escuro, inaudível.

Alguma de vocês tem um relógio?, a menina disse. Ela olhava de Penny para a mulher e de novo para Penny.

Ah, Penny disse. Não. Porque eu sou daquelas pessoas que não podem usar relógio, escutem, é verdade. Toda vez que eu ponho um relógio, toda vez que um relógio fica perto do meu corpo por qualquer tempo, não só no braço mas mesmo se ele ficar no meu bolso ou numa bolsa, se for digital os números ficam completamente loucos, piscando e correndo. Um fusível ou alguma coisa cai, sei lá o que fica dentro do relógio. Os relógios comuns, do tipo de dar corda, até relógios que já se comportaram de forma completamente normal no braço das outras pessoas, no meu não funcionam, eu tinha um que adiantava tanto que parecia que eu estava passando por horas enquanto os relógios das outras pessoas tinham andado dez ou quinze minutos. Ou, pelo contrário, eles atrasam e aí simplesmente quebram, simplesmente param, de vez, para sempre, que nem na musiquinha infantil, sabe, só que eu não sou um velhinho, e, obviamente, não morri. Vocês sabem, ela disse. O relógio do meu avô, vocês conhecem, uma música inglesa antiga.

As palavras saíam de Penny em um jorro. Ela explicou tudo. Contar para as duas a história a tinha feito esquecer de entrar em pânico. A menina esperou até Penny ter parado de falar, e se virou para a mulher do sobretudo.

Você tem um relógio?, ela disse.

A mulher sacudiu a cabeça.

Penny era invisível. Então ela lembrou. Tem um relógio no meu quarto, ela disse. Está no banheiro, por alguma razão. E eu estava imaginando por que um hotel colocaria um relógio no banheiro. Por quê? ela perguntou para a menina. Será que é para o caso de as pessoas perderem a hora do check-out porque estão no chuveiro ou na banheira? Enfim, se você estivesse mesmo no chuveiro ou na banheira, ia embaçar, né? O mostrador, quer dizer. Aí você não ia poder ver as horas. Mas vocês provavelmente tem um líquido especial antiembaçamento para limpar o vidro do mostrador.

A menina não disse nada. Ela estava olhando para a porta do quarto de Penny.

Vou lá ver? Penny disse.

Enquanto ia pisando forte, Penny percebeu uma linha que tinha ficado na camurça das suas botas, onde o lugar que tinha molhado estava secando. Merda, ela disse em voz baixa. Merda de bosta de merda. Olha isso. É isso que eu ganho por participar. Nove e dez, ela gritou para o outro lado da parede.

Tem ponteiro de segundos? a menina gritou.

Penny saiu com o relógio. Era um relógio preto estilo *art déco*. Tinha um adesivinho elegante na base, Propriedade dos Hotéis Global.

São nove e dez, ela disse.

A menina pegou o relógio. Sacudiu a cabeça. Ela o segurou por um tempo, revirou-o nas mãos. Então pôs a mão pelo buraco e largou o relógio ali dentro também.

Merda, Penny pensou.

Primeiro elas ouviram o som do nada absoluto. Então ouviram o relógio bater no fundo do poço com um estalo plástico distante. Merda, Penny pensou de novo. Eu sabia que ela ia fazer isso.

Você acha que quebrou? ela disse em voz alta.

Com certeza, a menina disse, fazendo que sim com a cabeça, um negror sob os olhos.

Você acha que era de marca? Penny disse.

Ela tomou coragem e foi até a borda do buraco, tomou coragem e olhou para baixo.

Como é que a gente vai conseguir pegar de novo?, ela disse.

Escuro. Nada. Um poço de ar velho. Ela decidiu que ia dizer que nem tinha visto um relógio. Ela se afastou da parede; estava uma desgraça; nada a ver com ela. Se fosse contestada ela escreveria uma carta de reclamação no *World* dizendo que estavam cobrando por uma coisa que ela nunca viu, que jamais usou. *Não havia um relógio no meu quarto nos dias mencionados. Eu me recuso a pagar pelo desaparecimento de algo que, para começar, nem estava lá, até onde eu sabia. Eu não sou responsável.*

Se está faltando alguma coisa em meu quarto, sugiro que vocês se dirijam aos próprios funcionários do hotel para obter compensação por quaisquer danos e desaparecimentos.

Além disso, gostaria de reclamar do barulho e da bagunça que certos membros de sua equipe fizeram ao executar algum tipo de programa de reforma do edifício no corredor de meu quarto em um horário tremendamente adiantado para este tipo de procedimento na noite de minha estada em seu hotel. Isso foi um incômodo não apenas para mim, mas também para outros hóspedes, e foi algo para o qual não estávamos preparados, e pela qual ainda não recebemos desculpas.

A menina estava falando.

Mas se fosse mais pesado, ela estava dizendo, ia cair bem, bem, hmm, mais rápido. Uma coisa que pesasse mais ia cair mais rápido porque é mais pesada. Uma coisa, uma coisa bem mais pesada, ia cair mais rápido. Não ia?

É claro, ora, Penny disse.

Não, a mulher disse.

Sem querer ofender. Mas é lógico que ia, Penny disse. Digamos que a gente largasse um piano de cauda naquele buraco. Isso caso eu tivesse um piano de cauda disponível no meu quarto para dar para você largar no buraco, ela disse (agradável, rigidamente) para a menina. Aí um piano de cauda obviamente ia cair bem mais pesado que o relógio que você acabou de jogar ali.

Um piano de cauda, inteirinho, brilhante, caindo e se desmontando no fundo do vazio em ripas e cordas em câmera lenta, a sua superfície plana, reluzente e civilizada esmagada e estilhaçada em cacofônicas farpas, lascas de ossos e cutelos que oscilavam no escuro como juncos partidos junto ao leito de um rio.

Não, a mulher disse de novo.

O piano sumiu da cabeça de Penny. Penny odiava ser contrariada.

A mulher estava empilhando as moedas de dois, dez e vinte pence em montinhos no carpete; estava sentada em um monte de prata e de cobre.

Galileu, ela disse enquanto separava o dinheiro. Largou uma ervilha e uma pena da torre de Pisa. As duas chegaram no chão ao mesmo tempo.

Está bom, Penny disse, mas a gente está falando de circunstâncias reais aqui. Um piano de cauda vai cair bem mais rápido que uma moeda, uma moeda vai cair um pouco mais rápido que uma ervilha —

Não, a mulher disse de novo. Não vai. Ela parou o que estava fazendo. Ela pesou moedas diferentes com a mão por um tempo, depois as largou cuidadosamente em cima das outras.

Qualquer coisa que seja largada do mesmo ponto acima do mundo, ela disse. Ia cair ao mesmo tempo. Mais ou menos. Mas se tiverem formatos bem diferentes como uma pena e uma ervilha. Aí a pena tem um pouco mais de sustentação no ar que a ervilha por causa do formato. Mas não muito. Mas se. Imagine. Se pelo contrário ela estivesse na Lua. Não tem ar. Aí uma pena, uma ervilha e até um piano. Se eles todos fossem largados de cima iam chegar nela exatamente ao mesmo tempo. Na Lua, eu quero dizer. Só que ia ser um pouquinho mais devagar. Se fosse na Lua. Na verdade aqui só tem umas seis vezes mais gravidade. Se fosse da Lua e do mundo que você estivesse falando. E as coisas largadas, até um piano. Tão pequenas, na verdade. Um piano, uma ervilha, uma pena, uma moeda, qualquer coisa. Tudo é meio que a mesma coisa, tudo isso. Porque a sustentação que a gente tem aqui mal faz diferença. Tudo fica tão pequeno ou tão grande quanto o resto.

Ela parou, e pensou. Mas ia ser *bem* diferente, ela disse então. Se você estivesse soltando duas coisas ao mesmo tempo e o tamanho delas fosse, tipo, muito diferente. Tipo se você soltasse uma coisa que nem uma moeda ou uma ervilha. E soltasse um planeta, do tamanho do mundo de repente, junto com ela.

Ela empurrou o montinho de moedas de cinco pence para um lado. Ela puxou para si a pilha de moedas de cinquenta pence e a pilha de moedas de uma libra com as mãos em concha em torno delas e começou a colocar as moedas umas em cima das outras em colunas, contando-as enquanto o fazia.

Penny sabia que a mulher estava errada. Abriu a boca para dizer, e olhou para baixo, e quase pôde ver o nada saindo da sua boca. Era um bom reflexo, afinal; Penny não ia querer ofender a mulher caso a mulher fosse alguém. A mulher podia ser qualquer coisa. Quem ia saber? Era bom ela saber se manter calada quando estava sob pressão. Mas o nada que ela disse se enroscou saindo da boca de Penny e se enrolou como uma cobra em torno do seu pescoço. Ele sibilava; ia dar o bote. Penny detestava isso, o nada. Ela detestava a sua imaginação, cheia de cobras, animais mortos e pianos destroçados surpreendentemente lindos. Essa noite estava ficando muito desagradável.

Agora a adolescente chatinha tinha tirado um dos pés do tênis. Ela foi e ficou parada diante do buraco que tinha feito na parede. Desabotoou o casaco do uniforme do hotel e o tirou, enrolando-o na mão em volta do tênis. Ela segurou as coisas no buraco. A mulher ajeitou uma coluna instável de moedas perto do pé e ficou olhando. Penny disse nada. A menina abriu a mão, deixou as coisas caírem dela. Penny não sabia ao certo se tinha ouvido a aterrissagem das coisas ou se tinha imaginado que ouviu, o tênis com o baque surdo da borracha, o uniforme mais aéreo, com um leve suspiro de tecido.

A menina escorregou para o chão, apoiada contra a parede. Parecia exausta. Parecia prestes a chorar.

A mulher do sobretudo levantou. Ela pegou metade de uma das colunas de moedas de uma libra e um pouco das menores e as soltou novamente nas entranhas do seu casaco. O barulho que elas faziam era muito incômodo.

Vocês sabem, ela disse. Que eles regulam o Big Ben em Londres com moedinhas de dois pence? Eles empilham as moedas no pêndulo. Assim ele marca a hora certa.

Ela gesticulou primeiro na direção do buraco na parede, depois para o dinheiro separado no carpete. É seu, ela disse para a menina. Trinta e duas libras e cinquenta pence. Menos o que você jogou ali.

Ela passou por cima do dinheiro e acenou com a cabeça para a menina e depois para Penny. Com as mãos nos bolsos, abriu num tranco as portas da escada. Elas se fecharam em um movimento rígido das dobradiças quando ela passou.

Penny se sentiu completamente abandonada. Pior, a menina tinha começado, silenciosamente, a chorar. Tinha posto a cabeça entre os braços, estava se balançando levemente, para a frente e para trás, sentada no chão. Penny se levantou. Um dos pés da menina, pequeno sem o tênis, tinha pele nua e branca logo acima do cano da meia.

Não faz assim, Penny disse, de onde estava parada. Ai, não chore. Por favor. Está tudo bem. Vai ficar tudo bem.

A menina se balançava e chorava. Penny olhava em torno, incomodada. Ela podia simplesmente entrar no quarto e fechar a porta. Mas a adolescente ainda estaria aqui chorando e Penny, do outro lado de nada mais que uma porta fina, saberia (e, pior, talvez ainda pudesse ouvir). Ou ela podia entrar no quarto e chamar outro membro da equipe de funcionários. Aí este outro membro da equipe podia subir e se responsabilizar por este membro da equipe de funcionários.

Penny pegou o painel de madeira rachado e o levou para longe da sua porta até uma porta na outra ponta do corredor. Ela o apoiou contra a porta do quarto de outra pessoa. Verificou cuidadosamente as duas mãos, para ver se achava farpas. Ela se curvou e tirou as coisas de maquiagem do meio do dinheiro e das lascas. Pôs as coisas de volta na bolsa de maquiagem. Soprou casquinhas de tinta do espelho de maquiagem e o limpou em um pedaço limpo do carpete.

De volta ao seu quarto, ela apertou o número 1 no telefone. As suas intenções eram boas.

Alô, recepção, uma voz disse.

Alô, Penny disse. Aqui é do quarto 34. Um membro da sua equipe de funcionários aparentemente está chorando no corredor da frente do meu quarto.

Penny fechou o casaco. Passou a alça da bolsa pelo ombro. Fechou a porta quando passou e testou para garantir que estava trancada. Passou por cima das pilhas de moedas e atravessou o saguão. Apertou o botão do elevador e ficou esperando que as portas do elevador se abrissem. O elevador demorou muito.

Da frente do elevador ela chamou a menina, chorando de pernas cruzadas, apoiada contra a parede desfigurada. A cavidade oca da parede pendia frouxa sobre a cabeça da menina.

Alguém já está subindo, Penny disse com uma voz animada. Não vai demorar nada.

No fundo do poço, descoloridos no escuro, estavam um pé de tênis e um uniforme amassado, ambos ainda quentes, ambos esfriando. Três ou quatro moedas, talvez mais. Um relógio quebrado. A sua caixa plástica estava estilhaçada e o mostrador, em pedaços.

Um sino tilintou. A porta do elevador abriu. Penny entrou. A porta do elevador fechou.

Ela pôs o peso contra a porta giratória e empurrou até se ver na rua. Um alívio correu pelo seu corpo, ar não condicionado, não aquecido. Ela tinha sido abençoada com o dom da ausência de culpa, ou pelo menos o dom da culpa nunca mais que momentânea, apenas uma questão de imaginação. Ela nunca precisava fazer mais que mudar de ar. Ficou diante da porta do hotel e inspirou, depois voltou a expirar.

Tinha parado de chover. Penny podia ver a mulher do sobretudo um pouco adiante, atravessando lentamente a rua. Ela a alcançou na frente de um depósito. A mulher estava olhando pela janela, usando a mão para fazer uma aba para os olhos de modo que pudesse ver além do reflexo da luz da rua. Penny também olhou para dentro. Ela se viu sobreposta a rolos de carpetes baratos.

Oi de novo, Penny disse.

A mulher a viu, ignorou-a, continuou espiando o armazém.

Em algum lugar aqui havia uma história. Penny podia pressentir, sentir, como que na ponta da língua. Estava na trilha certa. Ela perseverou.

Sabe Deus o que era aquilo tudo, ela disse. Um cigarro?

A mulher sacudiu a cabeça;

Eu não suporto quando alguém chora, Penny disse. Ela acendeu um cigarro, inalou a fumaça, soprou a fumaça. Mas por sorte eu nasci com o dom da falta de culpa, ela disse. O que você vai fazer agora? Para onde é que você está indo, algum lugar interessante?

A mulher deu de ombros.

Quer ir tomar alguma coisa em algum lugar, Penny disse, comer alguma coisa?

A mulher lhe deu as costas, disse alguma coisa embolada. Parecia que ela tinha dito que ia ver calças.

Eu vou junto, Penny disse. Eu adoro calças.

A mulher riu, se engasgou, tossiu. Ela sacudiu a cabeça e segurou o corpo. Casas, ela disse quando tinha parado de tossir.

Ah, Penny disse. Casas, beleza. Bom, posso te fazer companhia? Para ser honesta, eu não tenho nadinha para fazer, pelo menos não imediatamente.

O rosto da mulher era desprovido de expressão. Depois de um momento ela acenou com a cabeça.

Ela foi indo pela lateral do depósito e depois por uma ruela mal iluminada, deserta, a não ser por três carros diagonais na frente de uma loja de comida chinesa para viagem.

Você está olhando casas para comprar uma casa? Penny disse.

Hein? a mulher disse.

Eu só estava imaginando se você está olhando casas porque está querendo comprar uma, Penny disse.

A mulher silvou outra risada tossida. É, ela disse. Isso mesmo.

Elas passaram por uns meninos sentados e encostados no muro do restaurante chinês. Olá, Penny disse quando passaram. Olá, os meninos imitaram. Um deles jogou alguma coisa em Penny e na mulher. Era uma lata de cerveja achatada. Os meninos rolavam de rir e gritaram alguma outra coisa. Tchau, Penny gritou. Tchau, eles gritaram de volta.

A mulher estava mancando. Para alguém que mancava ela andava rápido e Penny estava sofrendo para acompanhar o seu ritmo.

Você se machucou? Distendeu algum músculo? Penny disse.

É. Jogando tênis, a mulher disse.

Tem que tomar cuidado jogando tênis, Penny disse. Você tem que se alongar direito antes, senão pode se machucar feio.

O vento soprava. Elas caminharam pelo que pareceu quilômetros. A mulher parava o tempo todo para tossir. Depois de algumas tentativas Penny parou de falar; o silêncio em resposta a deixava um pouco constrangida. As tosses a faziam se assustar por dentro. Era possível que a mulher fosse alcoólatra. Era tudo quase tão constrangedor quanto tinha sido a menina chorosa. Ela começou a se arrepender de ter saído do hotel e a pensar em voltar enquanto ainda lembrava o caminho. Mas se voltasse, teria de passar por aqueles meninos na frente do restaurante, dessa vez sozinha. Era possível que ela não tivesse ficado longe tempo suficiente para que o pessoal do hotel resolvesse o choro. Então elas saíram da cidade para um subúrbio da cidade e o cheiro do vento mudou de um metal úmido de inverno para uma terra úmida de inverno, o aroma de sebes e de faixas de jardins. Havia roseiras plantadas no meio de um jardinzinho depois do outro; estavam nuas, ou as suas rosas tinham caído com a geada.

A mulher parou.

Estavam diante de uma janela com as cortinas abertas; podiam enxergar do outro lado. Uma criança, uma menina, estava sentada no sofá lendo um livro. Uma mulher entrou no cômodo, disse alguma coisa. A criança revirou os olhos e largou o livro. Saiu da sala, fechando a porta.

Gostou dessa aqui? Penny disse, olhando para a casa. Ficava no meio de uma fileira contínua de casas iguais. Era baixa e feia. Certamente valeria pouco. Não havia espaço gramado em um quadrado na frente da casa com diversos carros estacionados. Um não tinha para-brisa.

Chh, a mulher disse. Ou talvez tenha sido só o barulho que a respiração dela estava fazendo. Penny não podia saber ao certo. Ela ficou parada mais um pouco na frente da janela. Então começou a andar de novo.

Parou junto a outra janela iluminada várias casas depois. Penny a alcançou. Por trás desta, um homem estava sentado numa cadeira tentando ver televisão enquanto uma mulher media as pernas dele com uma fita métrica.

Você conhece essas pessoas? Penny perguntou. A mulher sacudiu a cabeça. Olhou para Penny e o seu olhar era feroz; Penny deu um passo atrás, assustada. Do outro lado da janela o homem tinha dito alguma coisa que fez a mulher lá dentro rir. Ela ria como se os seus dentes estivessem segurando alfinetes. Ele também riu. Ela tirou os alfinetes da boca, afastou-os de si com a mão e se afundou, rindo, para o chão.

Bem quando estava ficando interessante, quando as pessoas tinham parado de rir do outro lado do vidro e estavam caindo uma nos braços da outra no chão, a mulher do sobretudo seguiu adiante. Cada vez que elas encontravam uma janela com cortinas abertas e luzes acesas, a mulher parava na frente dela e parava junto do portão, onde podia ver. De quadra em quadra, de casa áspera em casa áspera, com um jardinzinho quadrado depois do outro, janelas pequenas demais, como que encolhidas, a luz por trás das cortinas fechadas criando quadrados de cor espalhafatosa na noite, os cômodos que Penny conseguia ver estavam cheios de uma mobília de que não se podia gostar. Poltronas repetitivas anguladas nos cantos, viradas para os cantos; coisas sem valor amontoadas ou empilhadas, domésticas, claustrofóbicas, em prateleiras e sobre lareiras. As pessoas nos cômodos iluminados viam televisão, ou televisões lançavam uma luz que se movia velozmente em cômodos vazios com janelas sem cortinas que se abriam para a escuridão, e as casas não acabavam nunca. Havia pequenas tiras de grama crescida na frente delas e entre as suas calçadas e as ruas. Era grama municipal. Penny andava na calçada. Ela cuidava para nem pisar na grama.

A mulher estava vendo mais gente ver televisão de novo. Penny se mexeu, pôs as mãos dentro das mangas, fez barulhos de frio. Brr, ela disse. A mulher tomou um susto; sua mão erguida mandou Penny ficar quieta de novo.

Penny foi se encostar a um poste; estava com raiva. Abriu a bolsa sob a luz para ver se tinha paracetamol. Não tinha. Estava ficando resfriada. Estava ficando com dor de cabeça. Estava um puta frio do caralho de merda. Saíram de uma rua barra-pesada, casas remendadas ou com janelas cobertas por tábuas e jardins mascados por cães, para um conjunto de casas mais ricas onde os carros estavam em melhor forma e os jardins, cheios de clematites bem podadas e de amores-perfeitos de inverno, recém-plantados.

Aqui é um lugar muito melhor para comprar uma casa, Penny sussurrou, cúmplice.

A mulher observava uma senhora de meia-idade que usava um roupão, bebia alguma coisa de uma caneca e comia alguma coisa laranja de um prato. Ocasionalmente ela dava uma olhada em um jornal que tinha no colo, fora isso mantinha o olhar fixo adiante de onde estava. Não havia luzes cintilantes. Pode ser que estivesse ouvindo música, ou o rádio. Pode ser que estivessse sentada em uma sala silenciosa. Penny decorou o nome da rua em uma das paredes de uma casa de esquina. Daqui seria possível, um pouco melhor, pegar um táxi. Mas ela tinha tirado o celular da bolsa e tinha deixado no hotel, ele ainda estava ao lado do telefone do hotel, e ela não tinha dinheiro agora para chamar um táxi. Jesus, Penny pensou. Merda. O seu coração afundou. Ela entrou em pânico.

Mas a mulher do sobretudo tinha dinheiro, ela tinha um monte de moedas, disso Penny sabia, ela a tinha visto pôr as moedas no bolso no corredor do hotel. O seu coração se ergueu. Haveria de ter um telefone público em algum lugar. E se Penny por alguma razão ficasse sozinha aqui, em algum lugar por aqui (ele afundou), ela sempre podia ligar a cobrar para alguém em casa ou no jornal e fazer que chamassem um táxi para ela usando o Serviço de Informações (ergueu-se de novo), que fornecia números de qualquer parte do país independente do lugar de onde você estivesse ligando.

Elas atravessaram um canteiro gramado que separava duas pistas da rua, Penny ficando para trás, passando todo este caminho se preocupando em achar a pessoa mais adequada para quem telefonar. Aí ela começou a se preocupar com as botas. Do outro lado, em uma rua de casas agradáveis, geminadas, uma senhora mais velha de aparência limpa andava à toa pelo meio da rua entre as linhas de carros estacionados.

Oi, Penny disse. Nós estamos olhando as casas. A senhora não está com frio?

A senhora de idade não estava usando um sobretudo. Ela disse a Penny que estava procurando a sua gata.

Ela nunca ficou fora de casa até tão tarde, a senhora disse. Eu só me distraí um pouquinho e ela sumiu. Ela não é assim. Eu não sei o que faço.

Não se preocupe, Penny disse. A senhora já procurou na sua casa toda? Ela pode estar dormindo em um armário ou embaixo de uma cama. Os gatos são bem independentes. Eles sabem se virar sozinhos. Entre, está frio. Ela vai voltar para casa sozinha. Ela provavelmente já está lá.

Ela é preta e branca, a senhora disse. Vocês viram ela?

Não, Penny disse.

Ela tem uma mancha branca em cima do olho e o peito branco. Ela nunca sai. Ela deve ter escapado quando o pessoal da Fundação Salva-vidas bateu na porta. Ela deve ter saído quando eu fui buscar a bolsa. Eu nunca deixo ela sair. Ela nunca sai.

A mulher do sobretudo tinha ido embora, estava mancando bem longe dali, dobrando uma esquina. Penny não conseguia acreditar no quanto estava longe. Entrou em pânico de novo. Disse adeus à velha, que não ouviu, estava se abaixando para olhar embaixo de um carro. Penny correu para alcançá-la. Os saltos das botas a deixavam mais lenta. Adiante dela, a mulher sumiu, corcunda e manca, sobre uma ponte para trens.

Finalmente Penny a encontrou sentada em um banco feito de concreto na frente do que parecia ser um pequeno centro comercial. Atrás dela estavam uma biblioteca e algumas lojinhas. Uma era uma sapataria e tinha enfeites de Natal em torno dos sapatos na vitrine. A outra tinha sido esvaziada e fechada; a sua vitrine estava escura, vazia, a não ser por uma faixa que dizia 50% DE DESCONTO EM TODA A LOJA; as suas entranhas desnudadas. A placa dizia: Hiltons, Só O Melhor. Penny não conseguia deduzir do que restava o que a loja vendia. Isso a deprimiu. Ela se virou para olhar para o outro lado. De longe vinha um grande barulho; ela podia ver dois meninos com skates se jogando contra rampas de concreto atrás das lojas.

Isso vai deixar os meninos bem quentinhos, Penny disse.

O rosto da mulher estava bem enfiado dentro do sobretudo. A respiração dela saía de uma fresta entre dois botões.

Havia um telefone público embaixo da marquise da biblioteca fechada. O coração de Penny se ergueu novamente. Ela foi até lá, pegou o aparelho. Estava funcionando. Santo Deus. Graças a Deus. Isso era uma bênção. Estava quase na hora de perguntar educadamente, você não acha que talvez esteja na hora de a gente chamar um táxi para voltar para o hotel? Está tão frio, e eu tenho que voltar agora. Eu tenho que trabalhar quando chegar no hotel, foi um excelente passeio, muito obrigada. Mas quando ela se sentou um momento no banco ao lado da mulher e começou a dizer essas coisas, o vento soprou um cabelo para dentro da sua boca aberta. Não era um cabelo dela, ou da mulher de sobretudo. Era comprido. Era de uma outra pessoa qualquer. Penny pegou o cabelo, com nojo. Então ela o segurou na frente do rosto. As pontas balançavam ao vento.

De certa forma era a mesma coisa, ela pensou, exatamente a mesma coisa, que tinha sido olhar pelas janelas de todas aquelas casas, vendo pessoas que não faziam ideia de que alguém estava olhando. As mulheres costurando, apoiadas nas mãos, e os quadros da TV cintilando como fogueiras nas suas salas de estar. Os homens delicadamente colocando cigarros entre os lábios, ou dormindo, luz das emissoras bruxuleando sobre os seus rostos. O infinito comer e beber; ela tinha passado a noite observando o processo alimentício pelas janelas das casas de pessoas que nem faziam ideia. Imagine. As pessoas, se tivessem erguido os olhos para olhar para fora, para o retangular negror que criaram ao deixar abertas as cortinas ou persianas das suas casas, teriam visto não o escuro, não mesmo, e certamente não as pessoas que estavam ali olhando, mas a si próprias, refletidas nos reflexos dos cômodos em que viviam. Se tivessem apagado as luzes, deixado os olhos se acostumarem à mudança, e depois olhado de novo, o que teriam visto na frente das suas casas? Quem teriam visto? Teriam visto alguém, para começo de conversa?

Eram ilegais e eram nauseantemente empolgantes, essas curiosidades tediosas sobre o sistema digestório das vidas dos outros; Penny se sentia enojada e revigorada com isso, com a consciência de que poderia ver-se unida a uma outra pessoa pelo simples mover de um interruptor, da luz para as trevas, ou literalmente por um fio, por algo com a espessura, a aleatoriedade genética, a intimidade de um só fio de cabelo de uma só cabeça outra. Ela segurou o longo fio de cabelo ao vento. Soltou. Ele voou da sua luva e ela o seguiu com os olhos pela calçada tanto quanto pôde antes que ele desaparecesse. Ela se virou para se permitir uma boa olhada pela primeira vez para a mulher que estava sentada, tremendo, ao lado dela neste banco feito de pedra fria.

A mulher parecia esgotada. A sua respiração era curta e audível, como se estivesse respirando através de diversas camadas de tecido úmido. Cada alento que puxava era obscurecido por um outro alento, separado, em algum ponto atrás dele. Ela parecia já ter sido barbarizada por algo mais forte que ela. Havia algo nela; uma obliquidade nos olhos, uma rigidez em torno da boca, uma deliberação na forma de se sentar, que sugeria, tudo isso, que tinha sido tirada da tomada, estava funcionando com reservas de energia, uma espécie de força que era finita. As suas mãos estavam fechadas mas o seu fechamento era submisso, as suas botas pendiam das pontas das pernas como se pudessem ser de outra pessoa. Como ela se sentava, como se mexia, como caminhava, corcunda e atenta, congelada e descuidada ao mesmo tempo, era algo revelador. Penny tentou atinar revelador de quê. Em parte ela estava morta para o mundo. Em parte havia nela algo que era mais imponente do que qualquer pessoa em que Penny pudesse pensar neste preciso momento, e ocorreu a Penny pela primeira vez que tinha encontrado, durante a sua vida até aqui, literalmente milhares de outras pessoas, nenhuma das quais era nem remotamente parecida com esta.

Ela decidiu que ia dar uns minutos para ver o que acontecia aqui antes de voltar para o hotel. Nunca se sabe o que vai acontecer. Essa era uma das coisas de que ela gostava em si própria, o fato de ser aberta à experiência, a experiências como esta.

Ela esperou educadamente até a mulher parar de tossir. Tirou de novo os cigarros da bolsa, e daí começou.

Tem certeza que não aceita? Penny disse.

Faz mal, a mulher disse.

Você se incomoda? Penny disse.

A mulher sacudiu a cabeça.

Qual é o seu nome?, Penny perguntou enquanto acendia seu cigarro. O que você faz?

Faz?, a mulher disse.

Você sabe, Penny disse. Para ganhar a vida.

Ah, a vida, a mulher disse. A sua voz, granulosa, vinha de dentro do casaco. Penny esperou, mas a mulher não disse mais nada.

Frio hoje, Penny disse.

Limpo, a mulher disse. Ela gesticulava para cima.

Acima delas o céu estava cheio da acne das estrelas. Lindo, Penny disse. Ela estremeceu. Tentou outra abordagem.

O que você acha que ela estava fazendo, aquela camareira no hotel?, ela perguntou novamente.

A mulher de novo sacudiu a cabeça.

Penny lançou um olhar para o telefone público atrás do ombro da mulher, mas aí a mulher disse alguma coisa.

Ela precisava desmontar aquela parede, ela disse.

É, Penny disse. Ela parecia perdida, uma coisinha perdida. Na verdade eu acho que ela não tinha idade para estar trabalhando. Eu estava pensando em dar uma olhada nisso quando a gente voltasse. O que você acha?

Ela não está fugindo de casa, a mulher disse.

Penny concordou em silêncio.

O dinheiro era dela, a mulher disse.

Ah, Penny disse, confusa. Agora eu também fiquei perdida, ela disse.

É, a mulher disse. Assim é bom. Assim você provavelmente ainda nunca vai ficar.

Ficar o quê? Penny disse.

Perdida, a mulher disse.

Ah. *Certo*, Penny disse. Perdida. Entendi.

Se você sabe que está, a mulher disse. Aí você não está para ficar. Perdida.

Penny decorou isso. Se você sabe que está perdido então

você provavelmente não está prestes a ficar perdido. Era isso? Ela não tinha certeza. Inteligente, ela disse em voz alta.

A mulher fez que sim.

Depois ela disse, Viu aquela mulher na rua Morgan? Ela te disse que perdeu a gata?

Coitadinha, Penny disse. Espero que ela encontre.

Não, a mulher disse. Ela está sempre procurando uma gata. Não tem gata. Se algum dia existiu uma gata, ela foi embora há meses.

Ah, Penny disse. Então você sempre faz esse passeio que a gente fez hoje? Você fica sempre aqui?

Eu não acho que tem gata, a mulher disse.

Penny sabia que algumas pessoas preferem morar em hotéis ao invés de ter uma casa ou alugar uma. Você mora lá no hotel? ela perguntou.

Silêncio.

Penny apagou o cigarro no braço de pedra do banco. Ela pensou que ia tentar, só mais uma vez, uma vez mais.

Você não é daqui, não é?, ela disse.

A mulher sacudiu a cabeça.

Você cresceu onde, então?, Penny disse.

A mulher respirou, dizendo nada.

É engraçado, Penny disse, como que falando sozinha. Quando as pessoas me perguntam essas coisas, eu normalmente conto uma mentira para quem quer que tenha perguntado. Sabe, mentirinha branca. Eu digo que a minha infância foi infeliz e que eu sou órfã. Ainda dá para ser órfã aos trinta e poucos? Eu costumava dizer para quem perguntava, em festas ou coisa assim. Eu dizia, *na verdade eu sou órfã*, e ficava olhando a cara deles, até que era divertido, ver aquele desconforto imediato. No final das contas eu acho que isso faz as pessoas imaginarem que eu atravessei coisas extraordinárias, coisas que em algum momento elas vão ter que viver também, com os dois pais mortos. E ao mesmo tempo faz que elas me vejam como alguém vulnerável, que precisa de um cuidado especial. Uma combinação perfeita. Mas para falar a verdade uma vez na vida, Penny disse. O que eu raramente faço.

Penny verificou. A mulher parecia estar ouvindo. Penny continuou.

Tanto a minha mãe quanto o meu pai estão bem vivos e felizes. Bom, para falar a verdade, vivos, melancólicos e infelizes. Hoje eles moram em cidades diferentes, o que deixa o Natal um pouco complicado para mim e para o meu irmão. Os dois são bem de vida. A gente foi criado com bastante conforto. A minha infância foi medianamente feliz, medianamente torturada. E já que eu estou te dizendo a verdade, foi mais ou menos assim. O meu pai tinha casos com mulheres que não eram a minha mãe. Quase todos os pais têm. Aí quando eu era adolescente, e eu percebi que era isso que ele estava fazendo, eu comecei a fazer o que você pode chamar de pegar coisas. De lojas, sabe. Das casas dos outros também, mas principalmente de lojas.

A mulher ainda parecia estar ouvindo.

Eu pegava tudo que podia pegar, de todos os lugares possíveis. É supreendentemente fácil. Eu guardava tudo embaixo da minha cama; acho que ainda está tudo lá no quarto da minha adolescência na casa do meu pai. Eu era especialmente boa com acessórios de cabelo; são fáceis de meter na manga, fácil fácil, um punhadão de pacotes direto da prateleira para uma sacola ou uma manga. Ainda está tudo lá embaixo da cama, hordas de coisas, bolinhas de plástico e coisinhas elásticas, tudo ainda na embalagem. Maquiagem, joguinhos de computador. De vez em quando eu tiro alguma coisa dali e dou uma olhada, quando estou na casa do meu pai.

Roupas também. Saias, pulôveres, blusas. Aquilo ali é como uma arca do tesouro datada. Tudo é cor-de-rosa, cinza, azul claro, tons pastéis, horrendamente fora de moda agora quando eu volto a olhar. Eu pegava xícaras nas casas das pessoas, ou colheres, o que fosse. Eu costumava me desafiar a sair de qualquer casa que a gente visitasse com tudo que conseguisse pegar.

Ainda não estava funcionando. Agora a mãe, Penny pensou.

A minha mãe, ela disse, sempre preferiu o meu irmão. Eu sei, eu sabia. Hoje eu não dou bola. Teve um tempo em que eu dava bola, e descontava nela sem saber com, bom, sexo na verdade, eu comecei a dormir com um velho amigo dela e do meu pai. Um dia eu vi o sujeito em uma estação no subúrbio de Londres. Ele ia sempre lá em casa, eu conhecia ele. Era uma figura meio paterna, você sabe como.

A mulher finalmente fez que sim. Fisguei, Penny pensou, e sentiu a emoção, um ligeiro arrepio na nuca.

Eu pensei, é isso que eu vou fazer. E fiz, a gente transou de um jeito bem apressado na sala de espera vazia da estação. A minha primeira vez. Até que foi excitante. Tudo meio mixo. Terrível. Sabe?

A mulher olhou para Penny, se solidarizando com ela. Penny devolveu melancólica o seu olhar. Sexo, ela pensou por trás da cara melancólica. Se o roubo não funciona, e o meus-pais-não-me-entendiam, aí o sexo, o sexo sempre funciona.

Ela continuou falando.

Eu usava umas saias bem curtas para ele, ele gostava. Eu roubava sainhas especialmente para isso. Eu estava com dezessete anos. Ele dirigia um jornal. Na verdade ele me deu o meu primeiro emprego em um jornal. Então acho que aquela experiência marcou a minha vida para sempre, de mais de uma maneira.

A mulher se mexeu repentinamente do lado de Penny. Um jornal? Ela disse. Um jornal de verdade?

O *World*, Penny disse. Um monte de espaço vago. Já que eu estou falando a verdade. A gente tem que encher o espaço o mais rápido possível. É isso que eu faço. Esse é o meu trabalho, encher o espaço vago toda semana para pessoas como você e eu.

Ela cutucou a mulher, como se fossem amigas. A mulher balançou a cabeça. Então você não trabalha em um jornal?, ela disse.

Eu trabalho no *World*, Penny disse. O *World*. Você sabe. O *World on Sunday*.

Isso é um jornal?, a mulher disse.

O *World*, Penny disse de novo.

E esse aí é, como que chama?, a mulher disse. Ela abriu os braços, como se estivesse segurando alguma coisa grande demais para ela.

Penny riu. Eu não acredito que você não conheça o *World*, ela disse. Mas os olhos da mulher estavam maiores e a cabeça tinha saído lá de dentro do casaco.

Você é jornalista?, ela disse. Você entrevista pessoas e essas coisas?

Bom, normalmente só pessoas, Penny disse. As coisas não costumam ser muito receptivas.

Foi o seu jornal que fez aquela página? a mulher estava dizendo. Ela estava acenando com as mãos. Penny se reclinou.

Provavelmente, ela disse. Qual?

A página, aquela sobre o que estava nos bolsos das pessoas sem-teto, o que as pessoas guardam nos bolsos.

Mmm, Penny disse.

Ia ter uma fotografia na página das coisas dos bolsos da pessoa. Ia ser tudo espalhado no chão para a fotografia. E aí ia ter uma coisa escrita sobre a pessoa também, a mulher disse. O nome, onde a foto foi tirada, essas coisas.

Não, eu acho que não lembro de um texto desses, Penny disse. Não desde que eu estou no *World*.

Faz tempo que você está no *World*? a mulher disse.

Bom, três anos agora, Penny disse.

Os olhos da mulher escureceram. Ah, ela disse, e virou para o outro lado. Depois ela se voltou novamente para Penny. Mas você se lembra de uma página assim, de algum outro jornal, você viu alguma vez?, ela perguntou.

Não, Penny disse sacudindo a cabeça. Com certeza não no nosso *World*. Tem gente que ainda faz esse tipo de matéria. Provavelmente foi em outro lugar, a gente não anda fazendo muito disso agora. Para ser sincera, essas coisas simplesmente não dão matérias boas; com o último governo era sempre uma boa história de injustiça ou uma bela história humanitária. Com este governo parece coisa de reclamão. Ninguém anda fazendo muito essas coisas mais. A não ser que tenha a ver com drogas. Os textos sobre drogas ainda funcionam.

Mas tem a ver com drogas, a mulher disse. Todo mundo toma. Todo mundo na rua toma essas coisas, é comum para a gente.

Para vocês, Penny disse.

Não tem jeito, a mulher disse. Mas fode o cérebro, tipo fode mesmo. Desculpa o palavrão, ela disse, como que se dando conta.

É *isso* que você faz, Penny disse.

E também, a mulher disse. Muda mesmo as pessoas.

Na rua, Penny disse de novo.

É, em qualquer lugar, a mulher disse. As pessoas podem virar uns grandes filhos da puta.

A mulher parou. Ela ficou ali, sentada, dizendo nada. Sacudiu a cabeça. Ergueu as mãos, abertas, vazias. Depois disse, desculpa de novo. A grosseria.

Eu sou uma idiota, Penny estava pensando. Eu sou uma grande idiota. Olha. O casaco. O dinheiro. A pele ruim, o cheiro, a prontidão inerte. Andando por aí. A respiração. Como eu sou burra. Caiu a ficha. Um penny. Penny cai. Boa manchete. Ela ficou com vontade de rir de novo. Depois ela ficou pensando no telefone público, e em um táxi, e um quarto quente, com cortinas, fechadas.

A mulher estava falando. Desculpe? Penny falou.

Coisas, a mulher disse. Tipo se você encostar. Acabada.

Sabe, Penny disse. Na hora que a gente se conheceu eu achei que você tinha um quarto no hotel.

É, a sem-teto disse. Eu tinha sim.

Ah, Penny disse. Agora ela se levantou e estava batendo os pés no chão. As suas botas estavam arrasadas e os pés, congelados. Ela estava imaginando se um dia voltaria a sentir os pés.

É de notícias e de coisas históricas que nem aquela guerra aérea que teve que você escreve?, a sem-teto disse.

Mm?, Penny disse. Ah não, eu faço a seção de estilo, ela disse. Está certo que uma vez, para um artigo, eu tive que pular de um avião. Foi divertido.

Uau, nossa, a mulher disse, educadamente.

Penny caminhou até o meio da rua. Carros passaram, mas nenhum era um táxi. Será que os táxis vêm até aqui?, ela falou. Ela bateu as botas arrasadas.

Será que eu posso te pedir um favor?, a mulher disse.

Mm?, Penny disse do meio da rua, onde estava imaginando se os táxis daqui aceitavam ou não aceitavam cartão de crédito.

Um favor. Posso te perguntar um sentido?

Como assim, um sentido?, Penny disse voltando para a calçada.

Tem uma palavra. Eu não sei o sentido, a mulher disse.

Ãh-rãh? Que palavra? Penny perguntou, batendo os saltos no chão, olhando rua abaixo em busca de sinais de vida.

Rejerassão, a mulher disse.

Penny parou. Re-quê? ela disse.

A mulher soletrou a palavra. Penny sacudiu a cabeça.

Não sei, ela disse. Eu não sei o que quer dizer essa palavra. Não me parece nada familiar.

É de um poema, a mulher disse. É minha rejerassão.

Penny abriu a bolsa. Achou uma caneta e procurou alguma coisa em que escrever. A mulher soletrou a palavra de novo, e Penny a escreveu, letra a letra, na parte de dentro da capa do seu talão de cheques. Ela o segurava na pouca luz que vinha da biblioteca fechada, e sacudia a cabeça.

Não, Penny disse. Nunca ouvi falar. Parece meio estrangeira. Francesa? Sinto muito.

Penny se surpreendeu sentindo de fato. Muito. Ela olhou de novo para a mulher. Pensou o quanto a mulher estivera errada, como tinha acreditado que havia gravidade na lua. Todo mundo sabia que não havia. Ela sorriu sozinha. Continuou escrevendo no talão de cheques.

Qual é o seu nome?, ela perguntou novamente à mulher. Por favor, me diga o seu nome. Eu passei uma noite muito boa hoje com você. Fez muita diferença para mim, te encontrar hoje de noite.

A mulher parecia satisfeita.

Elspeth, ela disse.

Elspeth. Elspeth de quê?, Penny disse, ainda sorrindo.

Para que você quer saber?, a mulher disse.

Eu só quero saber. Para não esquecer, Penny disse.

A mulher pensou um momento. Depois disse, Freeman. Elspeth Freeman.

Penny Warner, Penny disse. Foi um prazer conhecer você. Ela arrancou a luva e estendeu a mão. A mulher, surpresa, satisfeita, pegou com a sua mão fria a mão quente de Penny.

Agora, Elspeth, Penny disse. Se você precisar de qualquer coisa.

Penny meteu o cheque dobrado no bolso do sobretudo da mulher, acomodou-o, deu-lhe um tapinha. Ela esqueceu as botas arrasadas. O seu coração se ergueu, saiu voando; o seu coração era como um pássaro, em êxtase, bem alto no céu.

Só mais uma coisa, ela disse. Você quer uma carona para voltar para o hotel?

A sem-teto sacudiu a cabeça.

OK. Então você sabe onde tem um ponto de táxi por aqui? Penny disse. Ou será que você podia, de repente, Elspeth, me emprestar, será que seria possível você me adiantar, um trocado, para aquele telefone ali, para eu poder chamar um táxi? Eu tenho que voltar. Trabalho pela frente.

A mulher já tinha posto a mão bem fundo dentro do forro do sobretudo, trazido uma moeda de vinte pence, que estava mostrando.

Toma, ela disse.

Quando voltou ao hotel, Penny estava angustiada por ter feito um cheque tão grande. Quando o elevador chegou ao seu andar ela tinha decidido o que fazer a respeito.

A porta do elevador abriu. Penny espiou no corredor.

A menina não estava ali. As moedas todas tinham desaparecido. O corredor tinha sido arrumado. Mas a parede lacerada ainda estava lá, horrível. Penny virou a cabeça para não vê-la. Ela destrancou a porta do quarto. No quarto, límpido e plástico, estava o cheiro de computador novo.

Bacana, ela pensou.

Ela fechou as cortinas, chutou para longe as botas novas manchadas e estragadas e se largou na cama.

Cansada, ela pensou.

Nenhum dos telefones tinha mensagens novas para ela. Ligou o computador. O relógio dizia 23h15. Não havia e-mails à espera. Por um momento ela se sentiu espoliada. Então ela digitou o primeiro parágrafo de uma só vez. Leu de novo. Quase não precisava de alterações.

Bom, ela pensou.

Pegou o telefone e discou 1.

Alô, recepção, uma voz disse.

Alô, Penny disse, aqui é o quarto 34. Eu queria um club sandwich.

Certamente, senhora, a voz disse. Eu vou passar para o Serviço de Quarto.

E mais uma coisa, Penny disse. Você pode me dizer a combinação do pay-per-view deste quarto? Eu não consegui achar a informação em lugar nenhum. Passei a noite procurando.

Certamente, senhora, a voz disse. Conforme informado no seu folheto de Informação Global, na página Pay-Per-View, a senhora só precisa estar dobrando o número do seu quarto. Então a sua combinação de pay-per-view, por exemplo, já que a senhora está no quarto 34, vai ser 3434.

Ah, Penny disse.

Serviço de Quarto? Uma voz disse.

Aqui é o quarto 34, Penny disse. Vocês podem me mandar um club sandwich?

Certamente, senhora, a voz disse. Algo para beber?

Chocolate quente, Penny disse.

Certamente, senhora. Com creme?

Não, Penny disse.

Penny desligou. Ela apertou o botão *on* do controle remoto, e dançou pelos canais até achar o canal codificado que tinha visto antes. Digitou o seu número. Palavras na tela lhe disseram para apertar o botão marcado BUY. Penny apertou. O canal abriu automaticamente. Uma mulher de chapéu e com uma capa de chuva desabotoada estava sentada em um carro na frente de uma casa. Ela claramente devia ser uma detetive particular; estava carregando uma câmera com uma lente ridiculamente longa. Pela lente ela estava vendo um homem e uma mulher transando em uma cozinha. Ela olhou, depois largou a câmera e pôs um dedo na boca. A mulher que estava transando gemeu. Ela se segurava no aparador. O homem falava baixinho. Ele virou a mulher sobre a mesa e entrou por trás. A mulher gemeu um pouco mais. A cabeça dela estava perto de um conjunto de facas, um prato coberto pelo que parecia ser bacon cru e um cesto de bolos com cobertura branca e cerejas vermelhas em cima. O homem enrolou um pouco de bacon no dedo indicador e parecia estar prestes a enfiá-lo no ânus da mulher. A câmera cortou para a mulher dentro do carro, que tinha tirado a lente da câmera e posto entre as pernas. Uuh, ela disse. Ela se mexia para a frente e para trás na lente, dentro do carro.

Penny terminou o seu segundo parágrafo e leu em voz alta.

Ótimo, ela pensou.

Aí ela lembrou, e pegou o talão de cheques. Nele havia uma palavra escrita. Era a palavra que a sem-teto queria saber. Meio curiosa, Penny abriu a verificação ortográfica na tela do computador e digitou as letras r e, depois j e, depois r e mais a, mas a tela ficou em branco. Depois de um tempo ele sugeriu substituir a palavra por retração. Ela tentou o dicionário de sinônimos. *Nenhum resultado foi encontrado*, o dicionário lhe disse. *Tente uma dessas alternativas*. Ele listou as seguintes palavras como alternativas: retração, refração, regelação, remissão, revisão.

O pedido do Serviço de Quarto chegou.

Penny assinou a nota, comeu e bebeu.

Ela repensou a noite enquanto comia. Não tinha sido chata. Tinha sido inesperadamente interessante. Ninguém ia acreditar que ela tinha ido passear pelas piores áreas da cidade olhando as casas das pessoas com uma sem-teto que lhe perguntava o sentido das palavras. Será que alguém se interessaria? Mas ela tinha gostado da sem-teto, que a tinha levado para ver jardinzinhos, um com um sofá velho, um com uma geladeira, jardins com brinquedos de crianças abandonados, ou com fúcsias ou rosas e gramados negros perfeitamente aparados. O Jardim da Inglaterra. A cara da Grã-Bretanha do Novo Milênio de Blair. Ela podia sugerir a ideia. Ela ia trabalhar nisso. Intrigante, um enfoque kitsch, um enfoque de classe, à moda antiga, e também um enfoque social. Ela estava satisfeita. A noite tinha lhe dado muita coisa que ela não esperava.

Ela ficou imaginando se a sem-teto estava sacando as casas para achar coisas de valor.

Antes que esquecesse de novo, ela discou o número do Banco 24-Horas e digitou a sua senha. Ela disse o número do cheque para o homem.

Cancelado?, o homem disse.

Penny se deteve. Algo a fez se imobilizar com o mesmo poder de alguém que tivesse apontado um controle remoto e apertado o botão com a palavra pause. No momento congelado ela lembrou: a gordura e a magreza do dinheiro; o grande relógio, imponente sobre o Tâmisa e as Casas do Parlamento, com o pêndulo regulado por uma coluna de moedinhas; um homem de barba subindo degraus irregulares segurando no oco da mão uma pluma e uma ervilha; e a forma com que o dinheiro emprestado caíra dentro do telefone público para que alguém do outro lado da linha pudesse dizer alguma coisa e ela fosse ouvida por eles.

Alô?, o homem do telefone disse. Alô?

Aí ela estava de volta ao quarto de hotel, sentada na cama, segurando o aparelho e falando com alguém que não conhecia em um banco que nunca fechava.

Por favor, ela disse.

Por um minuto ela achou que tinha amolecido. Por um minuto o universo tinha mudado de eixo. Mas não. Bom. Enquanto lia os dois últimos números do cheque, ela sentiu; talvez seja duro dizer nesses termos, levando-se em consideração o que tinha acontecido no corredor no começo da noite e o que estava acontecendo na tela da televisão do hotel bem na frente dela, agora. Mas algo dentro dela que tinha sido arrombado estava de novo lacrado. Bom, ela pensou de novo, satisfeita consigo mesma, primeiro pela extravagância inicial do seu ato, e depois por ter sido capaz de, crucialmente, por ter tido o bom senso de pôr fim àquilo tudo. Se você era pobre, você era pobre. Você não sabia lidar com dinheiro. O dinheiro era só um problema se você não estava acostumada. Deve ser um alívio, ficar sem. Não era por acaso que as palavras pobre e nobre eram tão parecidas.

Sem-Teto Tem-Sorte! Penny Cai do Céu!

Ela riu. Estava bom. Ela estava a mil por hora. Escreveu o último parágrafo do texto sobre o hotel e leu tudo.

Assim, ela pensou, está mais do que bom.

Com receio de chamar alguém para preparar a sua cama (caso eles mandassem a menina do corredor) ela mesma arrumou as cobertas. Verificou os lençóis, como sempre fazia, para ver se havia queimaduras de cigarro, marcas de sangue, manchas de qualquer tipo, cabelos.

Ela tinha terminado a matéria, tinha salvado e passado adiante. Tinha deixado a televisão ligada, rangidos carnais em baixo volume como pano de fundo, e as luzes acesas também. (Normalmente isso bastava para afastar, mas hoje ela ia sonhar de novo que estava caindo do avião, a mochila nas costas com defeito, as alças e cordas enroscadas e o paraquedas sem abrir enquanto ela cai sobre a ampla paisagem solitária do interior da Inglaterra, as árvores embaixo dela tão pequenas que ela poderia pegar uma entre o indicador e o polegar e colocar na língua como uma iguaria internacional que ela não sabe bem como se come. Mas e se alguém a viu comer incorretamente, e se a árvore no estômago cresce enquanto ela cai até atingir o seu tamanho de verdade como as árvores embaixo dela, o estômago prestes a explodir, folhas e ramos e tronco e raízes saindo furiosamente recém-nascidos de dentro dela?) Ela estava com o xampu do hotel, os papéis do hotel, a caneta do hotel, o lápis do hotel, as bolinhas de algodão do hotel, o pano de limpar sapatos do hotel, o creme hidratante do hotel, tudo guardado na mala para a sua partida amanhã cedo de volta ao sul.

Ela se esticou na cama. Era imensa. Tinha um cheiro doce. Estava quente onde ela havia deitado antes. Estava a ponto de cair distante, pesada, rapidamente num sono profundo.

Perfeito, ela pensou enquanto caía.

Não importa em que lugar do mundo você esteja se você estiver minimamente próxima de um Hotel Global. Você poderia estar, literalmente, em qualquer lugar. Você até poderia estar em casa! Para trabalhar, para relaxar, para aquela ideal fuga-de-tudo, e para quartos elegantes e espaçosos cujo design único e individual é uma das marcas de classe do fenômeno que são os Hotéis Global, eles não têm concorrência. Eles são bons.

Por que ir?

Quem precisa de uma desculpa? Esses hoteizinhos descontraídos, informais e normalmente pequenos na categoria superchique e atual que é a Global são sua própria raison d'être. *Com preços razoáveis, instalações elegantemente reformadas, eles estão quilômetros na frente das pousadas que competem pelo mercado, no que se refere a não deixar nada a desejar.*

Por que ficar?

Porque você não vai conseguir evitar! Nova York, Bruxelas, Leeds, seja onde for, nós praticamente garantimos que se você estiver em um Global a tentação vai ser passar todo o seu tempo livre (como nós fizemos) no quarto, refestelada nos ambientes luxuriosos e aveludados que eles criam com tanta competência. Você vai se sentir tão plenamente em casa em qualquer poltrona em que por acaso tenha caído que vai achar difícil sair dali, quem dirá do quarto! E a comida... Nem fale da comida. Outro motivo para você não querer sair. A Global faz questão de contratar chefs experientes e atualizados que preparam um menu tão bom que, onde quer que você esteja, estará comendo no padrão alto das grandes capitais.

Vida da cidade

Excelente para reuniões de trabalho e muito bem equipado para qualquer hóspede, do viajante solitário a um grupo de trabalho, achamos que as sedutoras tarifas Global provavelmente valem uma consulta, quaisquer que sejam suas necessidades.

Fins de semana de inverno

Vamos falar sério: inverno quer dizer pouco tempo, tempo ruim, tempos difíceis. Ou — alternativamente — você poderia estar gozando de um fantástico banho de banheira, aproveitando o conforto da atenção irretocável dos funcionários, aproveitando o prazer da última tecnologia em televisão em seu quarto, ou simplesmente desfrutando de um quarto com uma vista Global. Por que não se deixar ir de uma vez? Muito estilo, pouco barulho, e o refúgio perfeito, o simultaneamente clássico e contemporâneo Global proporcionará um ambiente difícil de superar. Dias transcendentes estão logo ali, à espera de todos.

Mundo Perfeito dá nota nove à cadeia Global.

Estilo sem esforço e uma visita sem esforço.

Uma estadia superior.

FUTURO DO PRETÉRITO

& já que o principal é que eu contei que eu fui lá & já que eu vim pra casa com um tênis novo legal pra caramba & também eles me deram o café da manhã & estava bem bom

& já que tem a nota de cinco libras

& já que eu sabia que eu já sabia sobre aquela coisa horrorosa de ficar apertada ali dentro toda de cabeça pra baixo eu tinha lido no jornal não foi surpresa nem susto nem nada que eu não soubesse

& já que ela era rápida já que ela era tão rápida aposto que ela ia gostar eu tenho certeza que ela ia gostar de saber como eu acho que ela era rápida leve que nem o ar mais leve até agora que nem aquelas fotos que eles tiram dos faróis dos carros nas cidades com os carros andando rápido demais pra deixar alguma coisa a não ser os faróis quando vão passando rápido daquele jeito pela câmera com ela é desse jeito certeza acho que ela podia ficar correndo o dia inteiro & a noite inteira se quisesse num jorro superimpressionante de luz & velocidade por cima dos prédios ela podia até mergulhar das janelas altas daquele hotel ela só ia flutuar não ia cair não ia precisar cair porque agora ela anda no ar não só na água que nem as pessoas que estão só vivas bom pelo menos é o que eu acho

& já que normalmente a essa hora da noite não não é bem noite é mais de manhã que horas são quatro & meia já que a essa hora da manhã sou eu olhando o forro do teto & tudo girando em círculos na minha cabeça eu revendo & revendo aquilo tudo que ela devia ter chegado até talvez até reserva da equipe nacional eles disseram que de repente iam testar ela pra equipe que às vezes é reserva da equipe nacional se ela tivesse limado o tempo dela no borboleta ela falou que precisava tirar nem bem meio segundo foi isso que ela me disse que eles estavam prestes a oferecer pra ela se ela conseguisse fazer 0,45 segundo mais rápido ela estava falando isso estava deitada na cama ali bem ali ela ia poder passar na peneira eles disseram que ela ainda era rápida pra idade dela se ela conseguisse fazer a coisa do 0,45 segundo 0,45 de um segundo é um nada é tipo um quase nada nenhum tempo tipo assim assim assim assim assim passando tão rápido por você que você mal consegue saber nem que passou por ali & ela só precisava disso pra melhorar o tempo limar ela disse & ela não disse pra ninguém caso não desse porque ela disse que podia dar azar eu não disse pra ninguém ninguém mesmo reserva quer dizer tipo substituto imagina a Sara a minha irmã Sara Wilby podia ter sido reserva da equipe nacional isso é muito foda & ela a voz dela fica ali a centímetros de distância bem ali eu podia ter esticado a mão imagina você limar uma borboleta ia ser terrível você ia precisar tomar cuidado que & se você cortasse alguma coisa as antenas o probóscide onde é que você ia limar não tem nada sobrando numa borboleta foi na quarta de noite ela estava bem ali me contando & foi esquisito porque normalmente ela nunca me dizia nada ela normalmente nunca me dizia nada de nada & daí depois foi na noite de segunda depois daquela foi na segunda de noite que ela não voltou pra casa quando devia voltar ela nunca mais voltou   toda noite depois daquilo depois daquela noite foram pedacinhos dela voltando pra mim como se estivessem todos exigindo eu nunca sei o quê & é tipo como se ela estivesse parada ali no pé da minha cama & daí ela de repente desmontasse inteira ela simplesmente se estilhaçasse pedacinhos dela a orelha o pescoço a curva do pescoço mão dedos tornozelo calcanhar o pé o pedaço em que o maiô de natação mergulhava & a omoplata ali por dentro olho boca músculo o ah meu Deus merda eu fico com o estômago todo virado só com a palavra o seio dela como se ele ficasse me encarando às vezes de noite me olhando com tipo aquele único olho aberto às vezes tem dois tipo uns olhos encarando que nem quando ele diz que eu estou sendo muito da insolente puxa Sara você tem uma porra de um peito mais do que insolente ou tinha meu Deus eu estou esquisita eu já era eu estou dizendo que eu sou um caso pra lobotomia enfim pelo menos ainda não hoje de noite ainda não veio mas ainda dá na mesma eu ainda não consigo dormir quem sabe depois de amanhã acho porque aquilo fez o meu coração andar tão rápido ou talvez seja aquela comida toda que me deram no hotel eu comi um monte eu não comia tanto assim fazia Jesus fazia décadas agora eu não sei quanto tempo meio que esqueci a comida na verdade

& já que agora eu sei com certeza apesar que na verdade eu já sabia que ela não tinha feito aquilo de propósito eu imagino que isso também esteja me deixando acordada embora o mais normal a essa hora da noite manhã seja eu estar deitada aqui não dormindo de novo porque estou pensando aquelas coisas de novo tipo como ela ia estar com 20 anos & isso ia ser em jan. 22 do ano que vem & ela ia estar com 20 daqui a uns meses ela ia fazer 20 em 2000 em jan. 22 20 2000 & na escola todo mundo achando que ela fez de propósito tipo na aula de inglês com aquela vaca horrorosa da Ellis me olhando lá da frente da sala toda simpática uns olhos tristes do caralho como se eu fosse uma aleijada ou um monstro ou alguma coisa naquele dia que a gente estava lendo aquele livro Tess do T Hardy & tem lá aquele pedaço que ela está olhando no espelho de repente ela pensa que todo mundo sabe o dia que nasceu mas que todo ano tem outra data que a gente passa sem saber qual é mas que é tão importante quanto é a outra data a data da morte eu podia sentir todo mundo na sala inteira os meninos também todos os olhos indo pras minhas costas & a Gemma de um lado & a Charlotte do outro sem olhar porque todo mundo sabia & isso deixava tudo meio que arrepiado deixava tudo tipo puta que pariu meu troço esquisito tipo alguma coisa aconteceu & ninguém podia falar & eu sabia que eu devia estar pensando que ela tinha passado pela outra data de repente ela até tinha decidido a data pra fazer aquilo & era 24 maio maio 24 & a questão é que naquele momento eu não estava pensando nessas merdas ou em nada disso pra variar eu estava pensando em outra coisa eu estava ouvindo uma história sobre outra coisa uma menina olhando num espelho só isso & aí eu tinha que pensar né porque todo mundo sabia & todo mundo estava esperando que eu pensasse mesmo que ninguém tivesse a porra da coragem de dizer isso de uma vez né ninguém ia dizer & aí naquela noite & por um tempão depois daquilo eu só conseguia pensar nisso em como ela tinha tido todos aqueles 24 de maios um depois de outro & em cada um deles ela deve ter acordado levantado como sempre tomado café ela normalmente comia só uma maçã de manhã a nossa mãe gritando com ela porque uma maçã não é café da manhã pra uma menina em crescimento porque o café da manhã é a refeição mais importante do dia que ela viu numa revista ou na TV ou coisa assim devem ter feito ela comer outras coisas quando a gente era menor & eles ainda conseguiam fazer ela comer Sucrilhos ou alguma coisa Krispis eu imagino eu não sei eu não lembro & aí ela ia ter andado até a escola não quando era bem pequena mesmo claro tipo antes de eu nascer mas depois que eu nasci ela tinha quase cinco depois disso ela ia ter andado até a escola escola primária primeiro na Edward & depois quando ela fez onze na Bourne Comp naquela data 24 de maio se fosse dia de semana & provavelmente ela foi pra piscina ou sei lá nesse dia & agora eu sei com certeza que ela não fez por querer ela não sabia que era a outra data dela só que era   é meio horrível aquela ideia do livro eu não consigo tirar isso da cabeça que aquele dia está sempre lá & o dia vem será que eu sinto alguma coisa quando a data vem no meu próprio dia eu acho que se não tivesse acontecido mesmo na vida real & a gente estivesse lendo aquele livro na escola eu ia ter achado que era até legal a ideia mesmo que ela estivesse num livro tão velho & comprido com todas aquelas partes chatas sobre o destino eu não lembro mais nada do livro a não ser o cavalo morrendo   & o nenê   & e o cara do bigode obviamente tinha muito mais mortes naquele tempo & o sangue no teto que tinha no filme que eles passaram pra nós do livro & se eu estivesse olhando um teto que nem eu estou agora & aí eu visse sangue se espalhando por tudo & pingasse pelo quarto & caísse na minha cama ui isso é tão horrível porque ela eles não disseram pra gente ele não disse hoje de noite aquele cara se ela também não sei vai ver que você não sangra se você só se quebra inteira por dentro mas eu estava pensando em eu estava pensando em outra coisa isso 24 de maio a coisa da data no livro eu estava pensando isso já que com isso acontecendo de verdade na vida real não fica mais tão legal não é mais uma coisa que não dá pra não pensar porque o que parece é que nem reler um livro é tipo como se você estivesse lendo um livro qualquer livro & estivesse já na metade curtindo mesmo a historia sabendo tudo dos personagens & tudo que está acontecendo com eles & aí você vira pra próxima página & na metade da página ela simplesmente fica em branco acaba ali só não tem mais palavras na página & você sabe com certeza que quando pegou aquele livro não era assim era tipo um livro normal & tinha fim um último capítulo uma última página tudo isso mas agora você folheia até o fim & está tudo em branco não tem nada pra te dizer é meio assim que é

& já que em setembro ele & a mãe deram pra uns amigos dos Henderson os Henderson tinham dito que eles conheciam um pessoal que precisava de uma cama de solteiro imagino que eles não tenham contado pras pessoas que estão com ela agora que era de alguém que estava mortinha da silva cama da morta camamorta leito de morte rarrá quem será que está dormindo nela agora o que será que eles iam fazer se soubessem será que ainda iam dormir na cama & agora é o meu quarto não o nosso quarto eles levaram o colchão tiraram de lado pela porta puseram em cima de um carro ele soltou as ripas do estrado & enrolou o cabo de um aquecedor velho em volta delas pra ficarem juntinhas ele não conseguiu dar um nó porque era de borracha elas caíram todinhas na calçada o sujeito teve que pegar do chão ele pôs as ripas na traseira do carro era uma perua o colchão parecia pequeno tipo um nadinha em cima dela quando eu olhei pela janela eu fiquei surpresa com como parecia pequeno porque uma cama parece grande quando você está bem perto dela mas de um pouco mais de longe é pequena estava igualzinha uma cama de criança eles levaram a armação eu fiquei ouvindo eles tentarem fazer passar pela porta atrás de mim & aí não tinha mais cama eles desmontaram a armação &

colocaram na traseira com o assento rebatido & agora ali só tem espaço é como se o quarto fosse o mesmo mas também tivesse mudado uma luz de canto ou alguma coisa assim mas tem as marcas que ficaram no carpete elas provam que ela estava ali se você se ajoelha & estende a mão dá pra sentir os afundadinhos onde estavam os pés da cama & era só pó por trás dela & ele aspirou eles disseram pra gente na aula de biologia que boa parte do pó é feita de pele humana então se isso é verdade então tem um pouco da Sara no aspirador   Meu Deus   mas ela ia estar rindo ela não estava nem aí por não ter passado o aspirador atrás da cama peguei o que deu pra pegar ainda lá depois de ele ter passado o aspirador & está no lencinho guardado com as minhas calcinhas & meias-calças embaixo delas na gaveta de cima porque de repente saiu de você Sara é possível tipo quando a tua pele descasca no verão vai ver que eu estou com pedacinhos da pele dela de 1999 na gaveta de cima   Jesus   puta que pariu um minuto está lá & no outro você é   você era só uns grãos de qualquer coisa coisa   que nem dá pra ver direito   Jesus   agora o gaveteiro é inteiro meu apesar de ainda não ter tanta coisa minha eu não tenho tanto agora elas fecham antes ficava tudo meio pra fora entupidas de coisa & metade do guarda-roupa vazia como se ela tivesse simplesmente ido embora fugido de casa os meus cabides todos espalhadinhos pra fazer parecer que nada saiu mas tudo que era dela foi embora bom ele esqueceu o vestido reserva né mas as fotos todas também ele tirou da parede & eles colocaram um papel de parede novo porque o adesivo tinha deixado marca agora é de listras vermelhas mas só naquela parede estúpida antes eram pôsteres George Clooney & Carol Hathaway & Pulp & Romeu & Julieta grudados por toda parte em cima do papel velho Jesus é muito louco isso tudo super não é o que as pessoas têm na parede hoje em dia fica parecendo que aconteceu há anos em vez de agorinha   aí ele pôs as coisas da natação no lixo lá fora eu não sabia que ele tinha posto quando eu saí & abri pra pôr as cascas de cebola tinha aquele monte de ouro & prata as medalhas & estátuas & os escudos & tudo eu peguei tudo & levei tudo pra dentro os meus braços estavam cheios com os prêmios dela os que ela ganhou quando era pequena os que ela ganhou quando foi pros jogos escolares todos os dos campeonatos da juventude o de mergulho que ela ganhou no ano passado estava tudo com cheiro de lixo eu trouxe de volta pra sala de estar & larguei tudo no carpete ele ficou emputecido pra caramba ele era um cara que precisava de uma lobotomia põe isso de novo lá fora eu estou te avisando eu não vou falar duas vezes Clare agora mesmo põe isso de novo lá fora bom ele acabou dizendo duas vezes né e tinha algumas medalhas com o nome dela gravado atrás também eu olhei pra aquilo tudo no carpete da sala & disse eu disse alguma coisa eu não posso acreditar que eu tenha realmente dito alguma coisa em voz alta eu disse tá mas esse aqui do rosebowl tem que ir no ano que vem pra próxima pessoa que ganhar você não pode ir simplesmente jogando fora não é teu ele ficou mais quieto ainda mais puto dava pra ver pela respiração ele pegou o treco segurou de um jeito que não ia deixar marca pôs em cima do aparador abriu a porta do aparador pôs lá dentro fechou a porta daí pegou todo o resto no carpete embrulhou em um pano de prato pôs de volta no lixo no dia seguinte ele saiu de casa com o rosebowl dentro de uma sacolinha de plástico quando foi trabalhar aí ficou andando pela casa dias & dias com uma cara uns ombros de corcunda que nem a porra do corcunda de sei lá onde corcunda como se estivesse carregando uma mochila cheia de coisa sei lá o quê pedra tijolo rocha espero que seja pesado pra caramba enfim dá pra ouvir ele agora aquela merda daquele ronco que não acaba nunca dá pra ouvir ele se virando enquanto dorme ele dorme fácil pra caramba nenhum problema pra dormir & a nossa mãe não nossa   só minha   completamente surtada andando como se ela também fosse um fantasma o tempo todo tomando aquele troço que o médico mandou pra dar jeito na ami ou mazi sei lá o quê dela aquele esquisito do Brett do quarto ano me dizendo a tua mãe ou o teu pai estão tomando alguma coisa depois do enterro & tal traz aqui que eu vendo pra você eu mandei ele ir tomar no cu ele disse que se for forte eu consigo um preço legal vai se foder seu merdinha não faz diferença o que eles falam tudo uns merdinhas dessa vez foi a irmãdaClare Wilby   sematou airmãdaClare Wilby   sematou aqueles bostas no portão norte gritando quando eu passei pelo outro lado da rua & agora eu sei que ela não fez isso agora eu tenho provas então elas que se fodam todos   espera só até eu contar pra mamãe & pro papai   mas eu não posso eu não posso só tipo dizer na hora do chá ele surtando de novo porque alguém está mencionando isso de novo ela sem comer nada sem ver nada sem ouvir nada toda quebrada na cadeira como se alguém tivesse arrancado ela de uma árvore & quebrado que nem a gente quebra um galho em pedacinhos imagino que desse pra dizer pra ela se eu pegasse ela sozinha se ele não estiver em casa ou não estiver na sala ou estiver tomando banho ou fazendo a porra da barba de novo com aquele aparelhinho iiiiiiiiii ligado & não puder ouvir eu podia dizer pra ela olha está tudo bem eu sei que não foi por querer por qualquer motivo ou qualquer coisa eu sei porque eu fui lá eu fui no hotel eu falei com as pessoas que trabalham lá & um cara me disse que foi um acidente certeza ele estava lá de verdade ele viu porque ela estava no mesmo turno que ele a semana toda & eles ficaram falando um monte de coisa ele disse que eles estavam se divertindo eles até iam no cinema na noite de folga eles tinham marcado Felicidade ela estava só brincando foi por engano não era pra ser assim mas não é pra eu nunca falar porra nenhuma né é só pra eu ficar bem na merda do meu canto imagina se eu falasse dissesse mesmo alguma coisa as paredes dessa porra dessa casa iam cair de susto que nem se um fantasma tivesse falado não é pra ninguém falar nada sobre nada que seja de verdade & como é que eu ia dizer afinal é de verdade demais pra dizer como é que eu ia começar se eu começasse qual ia ser a primeira palavra que eu ia usar & afinal se eu falasse ela ia estar doida demais pra ouvir ou ia começar o choro que ia deixar ele puto de novo ia ser que nem quando ele tirou as fotos ou jogou as coisas da natação aquele monte de ouro & de prata o troféu de mergulho que tem forma de golfinho agora embaixo da terra lá no depósito escuro a não ser que tenha poste de luz lá no depósito também será que tem mas enterrado de um jeito ou de outro agora embaixo da porcariada tudo misturado com saquinhos de chá velhos & restos de comida camisinhas merda com tipo uma pele de coisas mofadas por cima de tudo que nem nos sacos de lixo rasgados que jogaram há meses atrás da ponte da estrada de ferro & a esta altura vai ter as toneladas de outras bostas que as pessoas jogaram fora desde então apertando também as coisas de natação dela cada vez mais pro fundo da terra que nem um tesouro enterrado um dia alguém de repente vai cavar as coisas tipo naqueles programas que eles escavam pra ver como que era uma sociedade nos tempos antigos & vai ser igual achar alguma coisa bem legal lá embaixo & vai ter o nome dela nas coisas & as pessoas vão ficar pensando quem foi ela daqui a centenas de anos séculos depois elas vão ficar num museu em uma caixa de vidro & as pessoas que olharem vão dizer quem será que era a Sara Wilby que ganhou os 50 metros borboleta nos jogos da juventude de 1996 centenas de anos atrás como será que ela era como pessoa & como que era o rosto dela ela deve ter sido uma nadadora muito boa pra ganhar mas de repente no futuro eles vão achar que o nosso rápido era devagar porque eles mesmos vão estar indo tão rápido mas Jesus como ela era rápida ela era muito muito rápida a gente ia ver ela nadar quando eles ainda conseguiam me fazer ir & ela sempre estava quilômetros na frente das outras quando chegava na borda virando daquele jeito embaixo d'água que nem se fosse um salto mortal lá dentro empurrando a parede primeiro com um empurrão só quilômetros bem na frente quilômetros na frente de qualquer uma que estivesse nadando contra ela era difícil você acreditar quanto que ela ficava embaixo d'água & aí os ombros & a cabeça dela saíam tipo uma explosão da água imagina ela respirando depois de segurar tanto tempo imagina não poder respirar & aí no último minuto poder de novo ia ser muito foda ela sempre chegava em primeiro nas provas quando não tinha nadadoras boas de verdade elas tinham que ser muito boas pra ganhar dela a gente ficava lá nas arquibancadas ele gritando batendo palma balançando os braços pra cima & depois com a toalha em volta dos ombros dela a água escorrendo pelas pernas dela & os ombros & o pescoço & o cabelo todo grudado água no rosto dela nela toda a gente estava parada do lado da piscina eu lembro uma amiga da mamãe dizendo você devia ensinar a tua irmãzinha a nadar também Sara vocês iam ter duas medalhistas na família todo mundo rindo & ele me dando aquela olhada porque ele sabia que nem a pau nem fodendo que ele ou qualquer um deles iam me pôr nem perto da porra da água com essa de nadar na frente de todo mundo todo mundo pensando que é hilário porque ela é a supermedalhista & eu nem sei nadar agora quando os pedacinhos dela começam a aparecer sozinhos eu penso na água correndo daquele jeito de uma parte dela pra outra & isso meio que dá uma forma pra ela pensar na água correndo pelo corpo dela daquele jeito quer dizer que a cabeça dela está no pescoço & o pescoço está nos ombros & os ombros estão no corpo dela com os braços etc o cheiro do cloro ou sei lá o quê que eles põem na água sempre no nosso quarto sempre o cheiro daquilo meio vago em volta da cama dela & lá no corredor também por causa dos maiôs no cesto de roupa suja eu ainda sinto o cheiro pelo menos acho que   bem longe não eu estou imaginando   será que a cama dela ainda tem cheiro de cloro & os amigos dos Henderson estão pensando o que será esse cheiro no quarto deles eles não vão saber o que é eles não vão conseguir descobrir teve aquela noite que eu ainda estava acordada & ela estava pegando no sono & de repente ela acordou com um susto ela deu um pulo tão grande que a cama se mexeu o corpo dela inteiro meio que deu um tranco eu disse o que foi ela disse Jesus ela riu ela disse eu estava só sonhando que eu caía da calçada porque pisei fora do meio-fio   isso foi só umas semanas antes de ela falecer morrer Jesus é impressionante o que as pessoas fazem pra não ter que dizer a palavra ou até chegar perto dela tipo na escola com uma cara constrangida como se eu tivesse feito alguma coisa pra deixar eles constrangidos é triste não não é triste triste é o que foi quando o Fofinho morreu é assim que eu lembro triste olhar em volta & não ter um gato na cozinha ou na cadeira era muito triste mas isso era uma tristeza tamanho-gato isso aqui é como se a cozinha não fizesse sentido é estúpido até ter uma cozinha a cadeira é irrelevante é o que não está em cima dela ou nela que vira um tudo a única outra pessoa morta que eu conheci de verdade foi o vovô & isso faz tanto tempo & quando ele ficava sentado no jardim com o peito nu ao sol era só prega solta no pescoço dele & um rosto que era tipo pequeno demais pra pele agora estava pregueando em cima dela não é a mesma coisa nem de longe que com ela era como se ele estivesse se preparando pra ir como se por dentro ele fosse leve demais pra uma pele que tinha ficado grossa & pesada demais pra ele mas com ela era perfeito a dela cabia direitinho nela era toda esticadinha & pronta em volta dela pronta pra ir bem longe como se ela fosse tipo uma flecha ou uma coisa assim & você só precisasse botar ela num arco & atirar ela pro ar isso mesmo & todo mundo no enterro dizendo o nome dela como se tivesse um agá & com aquelas caras constrangidas os vizinhos se me encontram na rua ou se eu estou numa loja & tem alguém que conhece a mamãe ou ele é esse jeito engraçado de olhar meio de lado & como é que vocês estão uma perda terrível como se a gente tivesse perdido uma bolsa ou um cachorro ou que jeito pavoroso de alguém perder a vida como se ela tivesse largado a vida em algum lugar & quando tivesse olhado não soubesse o que tinha feito com ela um jeito pavoroso de perder alguém chegado como se a gente tivesse perdido ela numa loja de departamentos na seção de roupas esportivas & se a gente fosse até o balcão de atendimento ao consumidor a gente pudesse soltar um aviso chamando ela pelos alto-falantes do sistema da loja chamando Sara Wilby a sua família a aguarda no atendimento ao consumidor Sara Wilby favor voltar do mundo dos mortos   ah   bosta   ah   & isso & aquilo agora agora ela foi né bom assim faz mais sentido ela foi numa fração de 0,45 de uma porra de um segundo pro mundo depois desse o além isso onde todos os mortos estão parados sorrindo a Sara & o vovô & as vós com eles & o Fofinho & aquela velhinha do outro lado da rua que morreu todo mundo cantando alguns gritando senhor cum bai iá com a falecida senhorita Kincher da terceira do primário tocando violão pra eles ninguém vai dizer não é a palavra morta a tua irmã está morta ela morreu a senhorita Johnstone do outro lado da rua me parando no caminho da escola me dizendo eu entendo o que você está sentindo agarrando o meu braço daquele jeito pirado uns olhos imensos é um vazio que ninguém pode preencher ora acho que isso até tem alguma razão porque quando eu olhei dentro do poço eu pude ver as canaletas de aço das coisas feitas de aço ou de ferro que ajudavam o sei lá como chama o elevador de comida & de pratos a subir & descer pelo poço ainda estão lá grudadas no fundo da parede hein era bem fácil eles fingirem que o poço do elevador não estava lá colocando uma madeira em cima & pintando da mesma cor da parede mas eles não podiam tirar o metal da parede por dentro né não nem se deram ao trabalho de fazer isso ainda está lá correndo do topo até bem lá embaixo até o   fundo   & tinha uma roldaninha no alto dentro pro cabo de aço que segurava a coisa a roldana também está lá ainda mais ou menos do tamanho de uma rosquinha grande eu estiquei a mão & dei um empurrão ela rodou fácil pra caramba como se ainda funcionasse como se nada tivesse mudado de verdade & sabe Deus o que ia precisar pra tampar aquele buraco senhor Dentista montes de caminhões de concreto caralho mas eles não encheram ainda está lá estava só disfarçado eu só precisei olhar eu vi eu olhei pra baixo uma hora ela estava no alto exatamente onde eu estava hoje de noite um momento depois   alguma coisa naquele metal ainda estar lá como se fosse sempre estar lá eu imagino que mesmo que eles encham de concreto meio que ainda ia ficar lá lá ia estar o mesmo buraco só que cheio de concreto só & mesmo que eles derrubassem o hotel inteiro & aquele poço de elevador fosse desmontado & não estivesse mais ali ele ainda meio que ia continuar mesmo que você não pudesse ver & não soubesse mas isso quer dizer que se isso é verdade também é verdade que porque a Sara esteve aqui porque ela andou pelas ruas ou puxou a água pra perto dela como quando ela nadava os braços puxavam pra ela poder se empurrar pra frente na água então de algum jeito ela ainda está aqui também mas isso é um monte de merda porque ela foi embora quer dizer foi embora mesmo   não foi   & então se eles um dia derrubarem aquele prédio ou até mesmo só as entranhas do prédio por assim dizer se estivessem fazendo virar um prédio diferente mas mantendo a parte de fora eles gostam de fazer isso manter a casca de um prédio & mudar toda a parte de dentro que nem fizeram com aquele cinema na rua Merret onde você ia ver Felicidade um dia eu acho que vão acabar fazendo isso mudar o prédio & a essa altura não vai fazer diferença que alguém caiu & morreu porque a essa altura ninguém vai lembrar & afinal de contas ninguém vai saber

& já que aconteceu lá acho que era por isso que eu estava indo ficar lá sentada na frente porque eu não sabia aonde ir & não sei por que eu só queria saber alguma coisa eu não sei o que mas em casa só tinha umas merdas de umas marcas no carpete nada caralho só eles sentados naquelas cadeiras de merda na frente da TV eu não sei não sei o que eu achava que ia acontecer será que eu achava que você ia aparecer de novo simplesmente surgir do nada dobrando a esquina acenando & dizendo oi achou que eu tinha morrido né pois não morri eu estava o tempo todo por aqui matando tempo eu aluguei um quarto eu moro aqui agora deixei vocês todos preocupados né bom claro que eu sabia nenhuma merda dessas ia acontecer & enfim gente morta quando volta não é que nem quando ela voltou só usando a blusa dela tipo normal normalmente eles são sempre vampiros ou estranhos & de dar medo resmungando que vão se vingar ou nem estão ali & só mexem as coisas nas casas invisíveis que nem com os como é que chama   poltergeists ou flutuando na frente das janelas que nem naquele filme A Hora do vampiro mas isso é só nas histórias não era assim você não ia estar desse jeito você não ia ser uma vampira com aqueles dentes estúpidos você ia ser você mesma mas & se ela fosse ela como ela está deve estar agora embaixo da terra o rosto dela todo não não ela ia estar simplesmente ali parada ia estar usando a roupa da natação ou a calça jeans & a blusa do pijama que nem em casa que nem ela era todas as vezes que eu pensei que ela estava ali de pé daí eu comecei a não conseguir mais fazer isso montar ela né totalmente lobotomizada merda só sobraram os pedacinhos dela que vêm sozinhos deve ter um jeito de fazer eles pararem & aí eu achei o uniforme quando eu vesti ficou um pouco grande botõezinhos na parte da frente inteira devia ser o reserva o que ela não estava usando quando não o uniforme obviamente não é o uniforme que ela estava usando quando caiu estava ali largado embaixo do meu sobretudo dobradinho eles não devem ter visto quando limparam o guarda-roupa ou ninguém percebeu porque se eles tivessem percebido iam ter jogado fora com certeza eu não tinha percebido até agora então foi um sinal eu achei que se eu entrasse lá eu podia descobrir com certeza mas aí era aquela mulher no balcão aquela que sempre ficava saindo pra rua que estava trabalhando & ela já tinha saído hoje eu já tinha saído correndo aí eu achei que de repente hoje não era o melhor dia mas aí foi no final das contas quando eu voltei eu estava com ele embaixo do moletom eu tirei o moletom na porta eu ia tentar passar despercebida quando entrasse tipo eu era só uma funcionária nova pra ela não saber ou não perceber mas quando eu entrei ela estava dormindo totalmente apagada com a cabeça no balcão não precisei dizer nada pra ninguém sobre porque eu estava ali ninguém perguntou ninguém me parou ninguém nem me viu eu só subi a escada & fui até o último andar era lá que tinha acontecido estava em todos os jornais com aquela foto dela na escola na sexta série TALENTOSA NADADORA MORTA ACIDENTE BIZARRO TIRA A VIDA DE NADADORA ADOLESCENTE MERGULHA PARA MORTE TRÁGICA quando eu fui olhar na biblioteca eu achei o ponto oco batendo na parede aí depois quando aquela mulher do balcão Lisa subiu & me achou ela não me botou pra fora nem nada ela não estava puta ela disse que estava uma bagunça & que ela ia dar um jeito com a manutenção do hotel na verdade ela era bacana eu sempre achei que ela ia ser horrível quando ela vinha até o outro lado da rua mas ela não era ela tinha uma chave no bolso que abria qualquer porta ela bateu numa porta & quando ninguém respondeu ela abriu com a chave & entrou & voltou com uns lenços de papel o meu nariz estava entupido mesmo estava bem difícil de respirar pode ser bem difícil depois que você chora eu estava chorando mesmo eu acho que era por causa do poço do elevador por ter visto mesmo aquela merda toda era tão escuro ali dentro um cheiro de coisa velha o negócio é que eu não consegui enxergar o fundo ou se estava muito longe ou perto quanto ia demorar ou se não ia demorar eu soube assim que eu vi ele todo aberto daquele jeito acho que eu simplesmente soube que de todas as coisas que eram tristes nessa história essa era a mais triste que não fazia diferença no fundo não fazia se ela tinha feito por querer ou sem querer nenhum dos dois casos fazia qualquer diferença só o fato de que em um dado momento ela estava ali bem ali no mesmíssimo lugar em que eu estava & no momento seguinte não estava & ela estava estendendo os lencinhos agora ela me perguntou onde estava o outro pé do meu tênis eu ignorei ela disse de quem era aquele dinheiro no chão eu achei que se simplesmente eu continuasse ignorando ela ia acabar indo embora mas ela disse que parecia que a parede era um caça-níqueis gigante & que eu tinha ganhado o grande prêmio aquilo meio que me deu vontade de rir porque parecia exatamente isso mesmo como se aquele dinheiro todo tivesse sido vomitado da parede ou alguma coisa assim ela voltou pro quarto & saiu com um cesto de papel & apanhou todo o dinheiro & me disse que eu tinha que descer com ela agora eu achei que perigava ela ligar pra polícia eu ia sair correndo mas ela estava me segurando pelo braço ela me pôs num quartinho de fundos tipo um escritório com uns armários com chaves & tipo um lugar pra esquentar água enquanto ela dava a chave pra algum hóspede & atendia o telefone & aí ela veio & me pegou pelo braço & parou na frente de um armário & bateu & a porta abriu estava cheio de porcaria por tudo & um cara saiu ele era tipo um urso piscando na luz como se tivesse acabado de ser acordado de dentro da caverna ele conhecia a Sara a mulher disse pra eu dizer o meu nome pra ele & ela disse pra ele que eu precisava de uns tênis novos & ele disse qual tamanho eu era & voltou com um par de botas Doc Martens bem velhinhas com zíper na frente numa mão & um par meio novo de tênis Nike de cano alto meio que pendurado da outra muito bacana tipo mal tinha sido usado & serviu direitinho aí ela voltou de trás do balcão ela estava com um Dustbuster na mão & disse que ele tinha que subir pra limpar o último andar com o aspirador ela disse se eu queria voltar lá por um minuto ou dois aí eu perguntei se eu podia pegar o relógio dela emprestado se tivesse ponteiro de segundos tinha ela me deu pelo meio das barras do corrimão quando eu cheguei no andar de cima o cara que conhecia a Sara estava de pé encarando a parede tipo puta que pariu meu ele me disse foi você que fez isso eu fiz que sim eu achei que ia me ferrar ele sentou tipo com as pernas dobradas embaixo do corpo & me contou a história toda eu achava que eu não queria saber mas aí foi meio do cacete saber que eles estavam vendo TV logo antes & que era um faroeste sobre umas pessoas na neve com Warren Beatty & mais alguém & aí que ela apostou cincão com ele que ela conseguia entrar no elevador & entrou ele viu ela lá dentro toda dobrada de cabeça pra baixo ele disse que ia dizer uma frase ele ia dizer que ela era flexível pra caramba porque aquele elevador só tinha tamanho pra caber uma criança de oito anos mas quando ele chegou na metade da frase só sobravam os cabos chicoteando pra fora do buraco & quando ele chegou no fim da frase já tinha vindo o barulho do elevador batendo meu Deus mas eu já sabia isso do de cabeça pra baixo porque eu tinha lido alguma coisa sobre isso no jornal então não era uma novidade assim tão grande ele estava balançando a cabeça estava com as mãos nos olhos & quando eu consegui ouvir & pensar de novo sem aquele zumbido no meu ouvido como se fosse alguma coisa elétrica tipo a porra daquele barbeador iiiii que eu não queria saber mesmo não muito eu só queria era fazer eu fui até o lugar eu estava com o outro tênis sobrando que eu podia usar eu imaginei que ia dar & eu estava com o relógio então dessa vez eu ia conseguir fazer tudo certinho eu tomei cuidado larguei o tênis & prestei atenção pra ouvir & quando eu olhei de novo ele tinha tirado as mãos dos olhos agora o cara estava me olhando meu bom eu já tinha acabado a parada essa altura eu já estava quase na escada mas o cara veio atrás de mim segurou a porta aberta com o pé ele fez um barulho com a garganta ele estava estendendo alguma coisa pra mim eu não sei o que era era cinza azulado tipo de papel meio amassado ele disse essa coisa ele disse a gente fez uma aposta & eu estou devendo isso pra ela então posso dar pra você acho que ele queria dizer que devia pra você Sara eu desdobrei o pacote era uma nota de cinco libras que ele tinha dobrado tão apertada num quadrado que quando eu desdobrei ela estava cheia de quadradinhos quando eu voltei pro térreo tinha uma pessoa nova no balcão me ocorreu a ideia de que iam me pegar & eu ia estar ferrada por causa da parede eu ia só sair pela porta como se fosse uma hóspede a filha de um hóspede ou alguma coisa assim mas aquela Lisa veio pelos fundos ela me levou pra lá de novo & me fez sentar pediu café da manhã pra mim Inglês Completo dizia no cardápio ela me deixou escolher eu devolvi o relógio pra ela era uma & meia eu tinha ficado décadas lá em cima nem parecia que o tempo tinha passado aí ela saiu & voltou com o café era imenso tinha dois ovos em vez de um tinha bacon duas salsichas um treco preto & redondo que eu acho que era chouriço não sei tinha feijão assado numa tigela separada do resto de repente caso as pessoas não gostem de feijão tinha uma porrada de torrada cortadinha em triângulo pilhas de triângulos numa bandeja acho que ela trouxe a mais do que normal todo mundo comeu um pouco a mulher nova do balcão da frente levou um pouquinho numa bandeja & o cara de macacão veio & comeu um pouco ele foi bem bacana comigo & o cara do último andar que te conhecia ele também comeu um pouco quando desceu & a manteiga vinha nuns cachinhos nuns pratinhos brancos tinha um monte de tipo de geleia nuns potes tipo menores que o meu dedão dava pra pegar framboesa ou morango ou damasco ou cassis eu peguei framboesa o café da manhã estava ótimo era por conta da casa eu não consegui comer tudo as pessoas ficavam dizendo anda mais você consegue foi bem bacana as pessoas ficavam dando tapinhas nas minhas costas como se me conhecessem ou tivessem me conhecido há décadas ou sei lá o quê todo mundo era legal aí aquela Lisa veio comigo até em casa foi engraçado andar até em casa com o Nike novo o chão parecia diferente tipo como se tivesse ar entre mim & ele ela ficou esperando até eu fechar a porta dando tchau engraçado isso ser tão bom & tão triste ao mesmo tempo ela me disse na volta que eu estava com cara de quem precisava dormir eu disse pra ela que não andava dormindo muito & ela disse que andava dormindo demais & eu podia ficar com um pouco das horas de sono dela que ela mandava pra mim imagina se desse pra fazer isso emprestar pra alguém umas horas que você não estivesse usando ia ser tão legal conseguir fazer isso você podia pôr num envelope & enviar pelo correio vi-essas-horas-e-pensei-em-você mas é engraçado não tipo rarrarrá mas esquisito que seja tão triste eu podia estar lá & sentir o quanto era triste & aí um segundo depois eu podia estar tomando aquele café da manhã genial & usando esse tênis supergenial & me sentir como não me sentia faz décadas é meio que a mesma coisa que ler o livro & a história de repente parar porque na verdade apesar de parecer que tinha parado ela não tinha ela continuou & é normal eu estar aliviada por ter feito aquilo porque na verdade é bom que tenha sido que seja é até bom tipo que nem a coisa do namoro quando todo mundo da sala estava esperando que eu estivesse sentindo uma coisa & por um minuto caralho eu tinha esquecido o que era que eu devia estar sentindo como se tipo alguém tipo me mandasse um minuto de alívio um minuto de alguma outra coisa pelo correio vi-esse-minuto-&-pensei-em-você bom é que nem hoje de noite que começou sendo mais uma noite sobre a coisa do fim de sempre & aí mudou virou outra coisa bem diferente & inesperada como se alguém em algum lugar tivesse visto essa noite & pensado em mim

& já que você foi embora bem cedo desde que você foi eu comecei a fazer enquanto estava deitada a fazer essas listas de tudo que você podia ter sido inclusive nadadora obviamente nadadora mas o negócio é que você podia ter sido de tudo médica alguém que vendia blusas numa loja que vendia sapatos numa sapataria papéis numa papelaria alguém que cuidava de árvores & de arbustos numa loja de jardinagem está vendo na escola as pessoas só estão falando do milênio o milênio isso o milênio aquilo o que você vai fazer pro milênio quinhentas palavras sobre como você vai deixar o mundo melhor no novo milênio & eu só consigo pensar que a lista das coisas que você teria sido é infinita merda ela não acaba nunca coisas novas entram nela o tempo todo você podia ter sido veterinária na TV ou feito as coisas que eles ficam dizendo pra gente fazer na escola com computadores & recursos humanos ou ter casado ou ter sido uma pessoa que trabalhava num hospital na noite em que uma menina morta que caiu no poço de um elevador deu entrada & aí que nem no Plantão Médico a história ia ter continuado pra você em vez de parar acho que ninguém ia assistir aquele programa se ele simplesmente parasse cada vez que alguém que desse entrada morresse a história continua sem parar pros médicos & as enfermeiras toda semana em Casualty é a mesma coisa mesmo que tenha pacientes morrendo o tempo todo nas séries imagina se parasse só porque as pessoas pararam só ia ter as telas em branco nas TVs de todo o país cinco minutos depois do começo de cada episódio as pessoas iam estar batendo em cima da TV arremessando o controle remoto do outro lado da sala ia ter rebeliões eu estou assistindo TV por você caso você esteja sentindo falta eu estou acompanhando Brookside pra você é ruim pacas & não só o George Clooney saiu do Plantão Médico mas agora tem um boato que a Carol também vai sair então você ia estar bem puta apesar que é engraçado pensar como você de repente não sabe disso quando todo mundo na porra do mundo inteiro sabe & quando eu como uma torrada eu como devagar pra poder lembrar o gosto pra você tipo primeiro o gosto queimado depois o gosto de onde a manteiga derreteu & o gosto da geleia que nem hoje de noite depois o gosto mais forte quando você chega na casca tudo que eu como eu como devagar pra ver o gosto de verdade de comer uma laranja ou sei lá mais o quê & frango & uma batata com molho que eu sei que você gostava por exemplo hoje no almoço tinha ervilha congelada estava com gosto de ervilha que nem ervilha sempre tem você lembra & uma vez eu fiquei de pé no braço do sofá quando não tinha mais ninguém na sala & pus a mão em cima da porta pra você onde a madeira ainda é tipo meio áspera lá em cima não tem tinta acho que nunca foi pintado desde que sei lá quem construiu a casa tem uma porrada de anos de pó & de coisinhas tipo acumuladas acho que a merda da nossa família inteira está lá em camadas inclusive os gatos & quando eu desci eu pus a mão no veludo do estofamento do braço da poltrona reclinável pra você saber como que era apesar que tocar em veludo me dá um arrepio na espinha que nem quando você arranha com o dedo um daqueles compactos velhos de vinil da coleção dele não voce eu & eu olho bem as coisas pra você saber se você quiser qual a cara delas os carros novos que eu vi na cegonha que estava entrando na cidade eram tão novos que não tinham placa eram superlegais tinham um jeito elegante bonitos pacas pareciam bem rápidos porque os carros estão ficando cada vez mais rápidos & eu fui até a piscina isso mesmo eu na piscina pra poder cheirar pra você também o cheiro da água & o produto químico & o cheiro de xampu o cheiro é o teu fui na terça da semana passada na hora do almoço tinha umas crianças zoando na água um cara mergulhou ele era uma merda bateu forte demais na água o barulho parecia que a piscina tinha se machucado é eu sei acredite se quiser a piscina aonde eu não ia nem amarrada nem morta me levavam lá rarrrarrá sacou escuta um elefante infestado de formigas rola no chão até se livrar de todas, só fica uma grudada na nuca e as outras gritando no chão vai torce o pescoço dele ou será que parece uma piadinha besta de irmã mais nova & de repente você até consegue ouvir coisas como essa piada quando estão acontecendo vai ver você estava ouvindo quando a Laura me contou na banca de jornal eu não sei se tenho que lembrar essas coisas & te contar depois tipo agora espero que não seja chato ficar ouvindo de novo se você já ouviu você ouviu aquela do cara que comprou uma fábrica de papel higiênico ela foi por água abaixo eu estou ficando louca caralho falando com uma morta uma pessoa que está morta & não pode ouvir nada & olha eu aqui falando com ela contando piadas puta que pariu eu estou perdendo o juízo juízo de Clare Wilby favor se apresentar no atendimento ao consumidor eu é que sou a piada eu sou uma puta piada o meu coração está acelerado por causa de alguma coisa ele está indo na minha frente é muito foda falar com ela assim foda porque agora eu falo com ela o tempo todo a gente mal se falava quase nunca mas agora o tempo todo eu não consigo tirar isso da cabeça se uma pessoa está morta ela pode estar mais viva do que era quando estava viva de verdade isso é louco isso é lobotômico de verdade eu preciso parar de pensar desse jeito está do avesso é retardado cacete se alguém soubesse eu é que ia embora aqueles docinhos eles iam me por em um hospício mas eu não vejo a diferença plantar aquele açafrão idiota tudo bem apesar que eu nem sei se ela gostava de açafrão mas eu sei que ela gostava dos docinhos porque ela me mostrou como é que tirava o açúcar fininho de cima & como que ficava o toffee depois um branco meio sujo ela segurou com os dentes & abriu a boca pra eu poder ver ela disse que tinha dois jeitos diferentes de comer você podia comer sem tirar o açúcar só mastigar direto com força mesmo isso era um jeito & um gosto & aí você também podia fazer aquilo de chupar o açúcar & aí mastigar & isso era um gosto diferente então eu achei que era uma coisa tão boa pra deixar ali quanto qualquer outra talvez até melhor na verdade já que ela parou de comer essas coisas pra perder peso pra nadar pra poder ficar mais rápida eu ainda lembro quando ela me mostrou na boca estava tudo aceso por causa de como estava coberto de saliva dela isso é esquisito pra cacete eu estou ficando esquisita se alguém soubesse que eu pensava essas coisas ou saía por aí deixando docinhos no cemitério pra uma pessoa morta que não pode exatamente sair comendo né eu ainda não consigo entender uma morta & ela uma morta & ela como as duas coisas são a mesma coisa aonde que vai dar aonde ela foi como que num minuto você pode estar andando por aí & no minuto seguinte não pode como se você tivesse sido tipo erguida da terra & desaparecido no céu ou como se você dobrasse uma esquina & caísse da beira do mundo & ninguém pode te ligar nem nada & eu vi o que aconteceu com aquele camundongo que a gente colocou no galpão depois que o Fofinho pegou ele não estava sangrando mas estava em estado de choque foi isso que a mãe disse a gente pôs ele no pratinho & pôs outro pratinho com água do lado mas quando a gente voltou do feriado & abriu a porta do galpão não tinha nem os ossos só um monte de coisinhas brancas andando de um lado pro outro no pratinho a gente jogou fora aquilo tudo até o pratinho   & também & também tem esse monte de regras tipo quando a Teresa Drewe a família dela é católica ela estava numa escola católica antes da Bourne ela veio falar comigo na aula de arte quando a gente estava fazendo as cápsulas do tempo & me contou como que os santos chegam a ser santos de verdade porque eles têm que ter passado por uma morte dolorosa então de repente era bom ir desse jeito ela disse mais aí ela disse se era verdade que foi por querer porque isso queria dizer que ela não podia entrar no céu & que onde quer que ela fosse enterrada a terra ia ficar desconcentrada bom não foi por querer né & aquela coisa de que tem até gente que carrega pedacinhos de santos mortos por aí com eles pra dar sorte ou pra ficarem abençoados ou sei lá o quê é meio que nem aquelas pessoas que têm aqueles pés de coelho branquinhos de verdade nos chaveiros de amuleto tipo o tio Martin mostrou pra gente aquela vez ainda com as unhazinhas do coelho bom imagino que o lenço na gaveta o lenço na gaveta é meio que a mesma coisa talvez apesar que eu não queria não ter o lenço eu gosto de saber que ele está ali com certeza que eu não ia contar isso pra ninguém ou mostrar pra alguém porque eles iam achar que eu era nojenta & lobotômica mas a Sara eu sei que a Sara ia rir ela ia rir da coisa do aspirador se estivesse aqui aí eu ia fazer alguma piada sobre como agora ela está magrinha como agora ela está tão não gorda que podia limar 0,45 do borboleta facinho na verdade ela podia ser fácil a nadadora mais rápida da merda do mundo inteiro se quisesse se fosse isso que ela quisesse ser agora ela está tão leve que podia ser rápida que nem o vento rápida que nem a porra da luz eu ia dizer & ela ia bater no alto da minha cabeça com aquela cara séria a mão dela bagunçando o meu cabelo no alto da cabeça como se fosse uma coisa besta de irmã mais nova & eu fico pensando se de repente eu não estava meio parecida com ela quando estava de uniforme a gente não é não era muito parecida mas de repente um pouquinho eu devo ter ficado um pouco parecida com ela eu devo ter ficado um pouco

& já que os pedacinhos dela toda estilhaçada ainda não estão vindo ainda não vieram hoje de noite ainda graças a Deus graças puta merda não são eles mas o meu coração está tão rápido que eu não consigo dormir isso mesmo junto com a porra do barulho dele ali do lado roncando ainda eu não acredito que alguém consiga roncar tanto & não acorde ele dorme pesado rarrá essa é a porra do eufemismo do ano do século do milênio parece alguém com uma furadeira na parede da casa alguém passando pelo carpete com um daqueles cortadores de grama de empurrar que não têm motor só que fazem tanto barulho mais barulho que um motor puta que pariu não é de admirar merda que eu nunca durmo não durmo direito há meses será que aquela Lisa vai me mandar umas das horas de sono dela aquilo foi bacana eu não lembro dele roncar assim antes ou ele está roncando ou está levantando daqui a pouquinho ele vai levantar daqui a pouquinho vai ser aquela merda daquele iiiiii manhã de novo agora ele está sempre lá com aquele barbeadorzinho na cara tipo três vezes por dia eu não lembro mesmo como que era antes deve ter sido diferente disso acho que ele acha que eu sou insolente o tempo todo não só porque eu não falo nada mas porque sou eu que ainda estou aqui   & também eu sei que é verdade que se me jogassem na piscina & iam ter que me jogar porque nem a pau que eu ia fazer a coisa dos saltos ou dos mergulhos naquilo ela conseguia nem a pau nunquinha então se eles me jogassem eu ia afundar direto & ia ser tão constrangedor alguém o guarda da piscina provavelmente ia ter que mergulhar & me resgatar lá do fundo como se eu fosse um daqueles tijolos que às vezes as pessoas usam pra treinar eu não ia ligar de ser só uma orelha só um olho uma sobrancelha só um só cílio soprado como se alguém tivesse me segurado na ponta dos dedos & feito um desejo & me soprado leve que nem um pedacinho bem pequenininho de não sei ãh folha ia ser um alívio ser só aquilo não isso cheio de pés & mãos & mente o tempo todo dizendo Sara como você tem sorte ah meu Deus   que que eu Jesus não eu não estava falando sério Sara não era nada eu não quis   ela tinha os cílios mais geniais do mundo eram tão compridos mais compridos que os de qualquer outra pessoa que eu possa conhecer & lá estavam eles bem na ponta das tuas pálpebras descendo & subindo cada vez que você fechava os olhos & abria ou piscava só piscava que nem todo mundo faz milhares de vezes por dia aonde é que eles foram parar os teus cílios eram eles machucam aconteceu uma coisa sábado quando eu fui no Sainsbury's com a mãe ela ficou sentada na porta enquanto eu pagava no caixa eles me deram o troco & o recibo eu estava amassando pra pôr no bolso & percebi que bem no fim dizia tinha as palavras até mais tomara que você volte & eu estava andando até onde a mãe estava sentada perto dos jornais & do nada veio na minha cabeça eu lembrei aquela noite bem perto do fim quando eu estava me arrumando pra ir dormir & você estava na tua cama você estava me olhando dava pra eu ver os teus olhos no escuro você estava só me olhando nada mais só o olhar foi eu não sei de repente terrível eu me enchi por dentro fiquei brava era dolorido me enchia por dentro simplesmente que nem água enchendo uma xícara uma pia uma banheira uma piscina um rio a bacia oceânica ou qualquer lugar onde você ponha água foi me enchendo de um jeito que eu mal conseguia respirar veio até o meu nariz como se eu fosse pequena demais pra aquela profundidade Sara você lembra você teve uma dor na barriga um dia daquela semana que foi a primeira do trabalho no hotel & você lembra que você tomou aquele negócio cor-de-rosa que vem numa garrafa com o copinho de plástico na tampa bom lá dentro do criado-mudo o teu criado-mudo do lado da tua cama eu revistei antes de eles levarem embora eu achei o copinho isso foi na semana seguinte da tua & tinha um restinho do negócio cor-de-rosa no fundo que você não tinha tomado tinha solidificado dentro do copinho eu peguei aquilo com as pontas das unhas estava exatamente com o formato da parte de dentro do copinho & tinha até o escrito impresso o escrito do fundo do copinho só que de trás pra frente isso é genial não é é interessante hein está dentro da minha mesinha bem no fundo agora eu vou guardar aquilo enquanto resistir porque eu não sei se vai durar tem meio que um jeito de papel agora a cor escureceu não tem cheiro de nada mas eu encostei a língua tem um gosto meio doce isso é lobotômico eu sei mas não tinha como eu não guardar de certa forma é tipo as cinco libras que ele te devia eu pus as cinco libras na mesinha também eu nunca vou gastar elas são tuas de certa forma elas representam você de repente por te representar elas vão chamar você de volta ou se você ficar sabendo que elas estão ali você vai voltar pra buscar elas são tuas mesmo se você não ficar sabendo eu vou guardar pra você vale mais que tudo eu apertei a nota entre dois livros Sun Signs da Linda Goodman & o teu dicionário que você tinha desde a escola ele está cheio de palavras que você ia adorar procurar eu fico sempre imaginando quando olho pra ele quais palavras você precisava saber o sentido é engraçado quantas palavras existem & nada nunca é dito é como se eu tivesse pensado tantas palavras nessa porra desse quarto não nosso meu agora que eu estou nadando nelas rarrá afundando é mais provável elas devem ter tipo metros de profundidade agora vai ver que esta cama está boiando em cima delas tipo um navio um barco a remo não vai ver que eu já estou embaixo delas & respirando que nem um peixe com guelras que eu não sabia que tinha vai ver que eu nado melhor que eu pensava lá vou eu nadando voando de um lado pro outro quem é que precisa de oxigênio eu sou uma nadadora boa pra caramba Jesus ficar acordada até tão tarde é melhor que drogas mil vezes agora eu estou nadando no convés de um barco & o barco está no fundo de qual que era a palavra da água profunda embaixo de quilômetros dessas palavras todas que eu não disse será que as palavras são leves ou são pesadas imagino que deve depender do que elas estão dizendo bom mas os dicionários nem fodendo que são leves né ah acho que foi um passarinho será tem sempre um passarinho que começa uma passarada do caralho piando não demora pra manhã chegar até romper a manhã tipo a primeira manhã tipo aquele hino na escola o melro falou etc falou rarrá parece mais que o puto está berrando AMANHECEU DE NOVO TODO MUNDO DE PÉ VAMOS TODO MUNDO DE PÉ quando eu era pequena eu achava que o nascer do sol ia ser a mesma coisa que acender uma lâmpada em um quarto escuro mas na verdade de verdade a luz é cinza quase nem parece luz é mais tipo a despedida da luz eu acho o amanhecer mais do caralho que eu vi na minha vida foi quando tinha aquela neblina baixa a luz veio como sempre mas eu não conseguia enxergar nada só neblina como se um bloco de luz que tapasse a visão de todo mundo estivesse enfiado entre a janela & o resto do mundo como se o lado de fora não estivesse mais lá & na medida em que o dia nascia a neblina se mexia & ficava mais parecendo uma cortina pelo jardim como se alguém estivesse varrendo a neblina dali foi genial ver o mundo voltar Jesus   aquela noite horrível quando o mundo foi embora pela primeira vez era mais cedo bem mais cedo que agora primeiro o telefone tocando me acordou depois as batidas na porta & eu levantei fiquei parada na porta do nosso quarto & eles já estavam na entrada tinha um policial & uma policial o pai já estava vestido mas a parte de cima das calças do pijama dele estava saindo do cós das calças de trabalho dele & aí a mãe estava achatada contra a parede o policial parado do lado do pai com o capacete embaixo do braço o pai parecia pequeno do lado dele como se tivesse machucado as costas & aí o meu coração estava caindo eu senti alguma coisa aconteceu a casa tinha mudado alguma coisa tinha entrado pela porta & mudado a casa não era só a nossa casa era tudo lá fora também como se tivesse tudo sido esmigalhado & depois grudado de novo com cola por alguém mas tudo na ordem errada & a gente estava parado na entrada em casa tinha ficado claro lá fora por conta própria ninguém na entrada se mexia veio mesmo assim como sempre a porra da luz do dia

& já que tem sido bom desde aquele dia ter algumas razões pra luz & pra levantar & o café & mais do mesmo & outro dia de novo

& já que o café da manhã pode mesmo ter esqueci um gosto & um cheiro tipo bons pacas

& já que Sara você tinha um cheiro de água especialmente purificada & já que agora você é só ar você não é nem ar mais eu não sei o que você é

& já que quando você punha a mesa depois de a gente voltar da escola você batia no aparador com o lado das facas acompanhando qualquer coisa que estivesse tocando no rádio ou qualquer coisa que estivesse na TV

& já que eu tenho a foto da gente no natal do ano passado está na mesinha embaixo do dicionário ele não vai encontrar ali nenhum deles vai então ela não vai ficar transtornada também então tudo bem eu guardar

& já que você ia rir da coisa do aspirador & do lenço & do negócio cor-de-rosa eu sei que você ia

& já que teve aquele dia que você puxou o meu cabelo bem forte

& já que você ficou bem ferrada quando a mãe escovou o meu cabelo & ele saiu todinho numa maçaroca na escova

& já que nunca mais ele cresceu direito depois daquilo

& já que você dizia palavrão melhor que qualquer um

& já que você encheu meu braço de roxos depois que eu falei dos teus palavrões

& já que eu fui pra Bourne no meu primeiro dia & todas aquelas meninas da tua classe as tuas amigas se juntaram em volta de mim no portão sul dizendo se eu era a tua irmã mais nova eu não sei se você sabia que elas fizeram isso

& já que eu sempre vou saber de cor eu não vou esquecer o som da tua respiração no escuro

& já que teve a noite quando eu estava com onze anos quando eles tocaram aquela música velha sobre um longo caminho tortuoso no rádio & por algum motivo não sei por que ela me deixou com medo de que a terra estivesse cheia de gente morta até a terra em volta das flores lá fora no jardim apesar de eu não ter dito nada eu estava na cama você estava na outra cama você disse o que que foi você está com medo você sabia que eu estava sem nem eu ter que dizer alguma coisa você foi até a cozinha & fez torrada & trouxe pra cima & veio pra cama & a gente comeu eu caí no sono em cima de você eu acordei na manhã seguinte & o prato ainda estava na cama em cima dos cobertores com migalhas então isso era prova de que tinha acontecido mesmo

& já que você conseguia prender a respiração tanto tempo embaixo d'água

& já que você conseguia andar nela ou seja na água porque teve aquela vez quando não tinha quase mais ninguém na piscina eu estava lá na arquibancada você estava lá embaixo de mim você estava andando na água na parte funda eu fiquei chapada eu lembro de ficar pensando como que ela consegue fazer isso ficar na superfície da água profunda daquele jeito como se estivesse simplesmente correndo no mesmo lugar como é que ela consegue flutuar daquele jeito no nada

& já que de repente agora você consegue andar no ar também

& já que esteja você onde estiver agora eu sei que você vai estar cuidando da gente eu & a mãe & o pai

& já que você estava lá você estava com certeza lá todas

aquelas vezes na piscina eu te vi eu estou te vendo agora lá no trampolim mais alto bem alto bem acima da arquibancada & então estava todo mundo olhando pra cima pra te ver olhando pra baixo pra água sempre tem aquele momento antes de você saltar quando você espera só uma fração de segundo parece que você pode desistir de mergulhar você pode recuar se quiser tipo & daí eu não sou obrigada a fazer isso & aí mesmo assim você sempre fazia o salto você dava um passo pra frente empurrava o trampolim ele subia descia aí subia os teus braços esticados & lá ia você pelo ar caindo era sempre tão absolutamente genial você rasgava o ar bem fácil como se o ar estivesse esticado lindo como nem sei o que tipo um peixe tipo uma faca quente na manteiga tipo você simplesmente mergulhando como sempre na água

& já que no fim quando você foi & você foi de pernas & braços & tudo eu sei eu sei de cabeça pra baixo entalada eu sei & aí acabou tudo tudo o topo rompido de todas aquelas águas acabado passado ainda assim escuta Sara mesmo que você não pudesse mesmo que você não pudesse se mexer não pudesse fazer nada pra evitar me escuta você foi rápida você foi muito muito rápida eu sei porque hoje de noite eu fui lá ver eu estive lá & você foi tão rápida que eu ainda não acredito como você foi rápida você levou menos de quatro segundos quase quatro três & um pouquinho foi só isso eu sei eu contei pra você

PRESENTE

Manhã.

O jardim está molhado depois da chuva de ontem à noite. Inverno, e mais invernos pela frente; isso aqui já está meio detonado com o que sobrou do ano inteiro e ainda vai levar três meses para tudo morrer e a primavera poder começar a ser vista.

A árvore está enfeitada de amarelos e vermelhos, maçãzinhas incomíveis arranhadas por garras ou caídas no chão. Tanto umas quanto as outras, na árvore ou no chão, elas ficam para a geada. Há ainda algumas folhas nos galhos mas as folhas novas atrás delas, encerradas do lado de dentro, estão gradualmente as expulsando. O lilás está nu. O ruibarbo se enroscou e se enterrou. Duas das suas imensas folhas de verão, largadas sobre o cortador de grama como proteção contra a chuva, estão grudadas e apodrecendo contra o metal das lâminas e do chassi. A grama nova parece tostada onde o frio passou se arrastando. A forsythia é um nó de gravetos mortos. Mas o gerânio ainda está em flor. As calêndulas estão em flor. As margaridas e a campânula finalmente estão em flor. A esteva não parou de dar flores. Há mosquinhas suspensas no ar, novas e descuidadas. A Artemísia está verde. A estrela-de-jerusalém está verde. O canteiro de morangos ainda produz um ou outro moranguinho verde embaixo das folhas nas bordas mesmo a esta altura do ano. Os pássaros bicam os morangos se os encontram; ainda há muitos pássaros no céu, o jardim, a gradual revelação dos ramos.

Manhã. Alguns dos fantasmas já estão à solta.

Uma sacolinha da Marks and Spencer que o vento enroscou numa cerca pode chamar de volta os fantasmas de mil senhoras de meia-idade para ficarem de novo em torno dos suéteres e cardigãs, errando pelas gôndolas e estilos da loja ainda-por-abrir, ansiando pela possilidade de passar os dedos pela lã das mangas das novas linhas de inverno se apenas pudessem, de segurar as roupas contra os seus corpos novamente e sentir o cheiro de roupa nova, com os fantasmas dos seus maridos esperando junto à porta, braços cruzados, eternamente impacientes.

Bem lá no norte em uma rua de uma cidadezinha nas gélidas e enevoadas Terras Altas escocesas, o fantasma da senhora M. Reid está de volta diante do que antes era a sua loja, onde vendia bengalinhas de açúcar, balinhas, chicletes e alcaçuz, mentinhas, mariolas, chocolates com vários formatos, novos doces fabricados industrialmente, caldas que ela mesma fazia nos fundos onde agora há um retângulo de asfalto para um estacionamento. Tantos destruidores de dentes exibidos em potes e vendidos aqui a tantas pessoas por tantos anos; ensacá-los, pesá-los, embalá-los, pegar o dinheiro. Ontem dois homens quebraram a placa da fachada da papelaria Keith, porque a papelaria Keith está arranjando uma placa com um desenho novo, e por baixo na fachada da loja a placa original ainda está lá e o que ela diz é, o que ela vem dizendo ali há desessete anos, o que ela esteve dizendo no escuro sob todas as outras placas por mais de um século desde que a senhora Reid mandou pintarem nela e abriu a sua loja depois da morte do marido, um homem que tinha proibido que ela abrisse uma loja porque isso o deixaria envergonhado, um homem de quem ela não gostava muito, um homem a respeito de quem as pessoas da cidadezinha, chupando as suas mentinhas na igreja presbiteriana em um dia de domingo, discutiam o boato que tinham inventado de que ela mesma tinha dado cabo, com chocolate quente feito à moda do estrangeiro, derretendo quadrados de chocolate no fogo e acrescentando veneno de ratos; assuntos que, todos, não a interessam agora, solene e *fin de siècle* escrito em uma tinta que não desbotou, de volta sobre a porta da sua loja para a luz de mais um dia: Confeitaria ~ Prop. ~ Senhora M. Reid.

No sul do país e na fronteira, fugindo das fileiras cerradas dos fantasmas nortenhos de séculos de guerreiros despertados pela ira expondo suas chagas e agitando seus escudos verruguentos, o fantasma de Diana, princesa de Gales, fantasma histórico e de sangue azul, fantasma de uma rosa, fantasma em um milhão de salas de estar gaguejantes, de novo fantasma hoje nas páginas do *Daily Mail* desta manhã, vendendo ainda as suas cópias exalando sobre ela um alento que lhe confere uma vida cada vez um pouco mais datada, sorri tímido e doce, uma menina, com uma tiara, um casaco de montaria, segurando um bebê, segurando um buquê de flores, olhando para o lado de uma forma encantadoramente modesta, acenando de dentro de uma carruagem; daqui a algumas horas, com a manhã já bem adiantada, ela vai flutuar, piedosa, olhos cheios de mágoa, sobre todos os rangentes mostruários de cartões-postais das bancas de revistas e agências dos correios, sobre todos os panos de prato e xícaras e bandejas e bolachas para copos abençoados pelo seu rosto gracioso cheio de graça nas muitas lojas de lembrancinhas da Inglaterra da virada do século.

Bem ao sul na cidade em nevoeiro, a vaga sombra de Solomon Pavy, ator-criança que morreu apenas em seu *trezeno anno*, há quatro séculos, no verão de 1602, ressentidamente desperto e novamente liberto a cada vez que alguém lê o poema escrito em sua memória por Ben Jonson, que o conheceu quando fazia parte da Companhia dos Festejos da Rainha, está à toa na réplica do teatro Globe, bem parecido com o que era, ainda que nem se aproxime em qualidade e sujeira. A mera ideia do menino vaga pelos bastidores, e na galeria e no balcão. O teatro está fechado, encerrada a temporada. Ainda é cedo demais para os visitantes do restaurante ou do *lobby* acarpetado patrocinado pela iniciativa privada. Neste ano levaram-se aqui muitas peças de diversos autores da Renascença, embora o próprio Solomon Pavy (nas garras do lamentoso poema de Jonson que o privou de um adequado e aliviante olvido) tenha preferido escolher Will, que escreveu os Erros antes de ele nascer, a morte de César quando ele estava vivo, e Cleópatra depois da sua morte, para o seu eterno pesar, o menino que sempre e apenas representou papéis de velhos, que nunca chegou a saber que Julieta teria feito se tivesse visto os seus dias de apogeu, mas dane-se Julieta por uma Cleópatra — Feliz o cavalo que Antônio monta — enquanto, voz aguda e calado, ele cruza o palco de madeira, saindo para o vazio espaço sem público, pulando o muro em um só salto para pairar pelo rio sobre as cabeças das pessoas que acordaram cedo para trabalhar ou das pessoas que estão chegando do trabalho que cambaleiam ao lado dele na calçada nova em folha. E mais longe ao longo da linha do rio, lodoso e contínuo, no local do Millennium Dome, monumento histórico ao temporário cujas entranhas abobadadas se enchem com pânico, bravata, retórica e ar na medida em que se aproxima o ano-novo, uma corda que cai desde o teto até o chão os chama por um momento de volta, os fantasmas garroteados que caíram ali em suas mortes no patíbulo que ficava naquele lugar antes de ali haver qualquer Domo, que balançam para a frente e para trás diante dos sonolentos vigias noturnos, de portões de segurança com alarmes, câmeras de vigilância que os registram, ausentes.

Em qualquer parte, norte ou sul, qualquer cidadezinha (em nome da organização digamos que é a cidadezinha onde o muito e o pouco deste livro foram tão tenuemente ancorados), o fantasma de Dusty Springfield, cantora popular nos anos sessenta, paira, seguro e magoado, definitivo e tentativo, pela janela aberta de uma casa com varanda na esquina da Short Street. Por sobre as ruas ela vai, e os jardins, as amplas propriedades e o depósito de lixo, e o canal negro com as suas margens pútridas e a piscina e o hotel com os seus quartos intocados e bagunçados e subindo rumo ao céu, rarefazendo-se na cidade com uma voz tão fraca agora que se perde, não se pode ouvir. O que não quer dizer que não esteja lá; lá na Short Street não há dúvida The look of love, it's in your eyes, the look your heart can't disguise; o penteado dela é alto e ela tem os olhos pintados de preto, jovem, mexe os braços como se estivesse segurando alguma coisa perto de si, depois como se a tivesse arremessado, ou ela tivesse voado; um olhar que está dizendo muito mais do que apenas palavras diriam; um olhar que o tempo não pode apagar; ela conta a todos que estão ouvindo, todos que não são surdos, que ela esperou, como esperou, e os vizinhos na e da Short Street, que na maioria dos dias de semana são acordados às sete pelo volume deste som vindo do número 14, estão deitados nas suas camas com travesseiros nos ouvidos e sobre a cabeça, indo de cara feia para um café feito cedo demais depressa ou fraco ou forte demais, gritando xingamentos para as paredes do quarto, ligando para deixar outra mensagem na linha de assistência da prefeitura, olhando furiosos pela janela ou pela porta aberta na direção do barulho, aguentando sombriamente ouvi-lo até o noticiário das oito horas na Rádio 4, dando de novo os seus dados para o homem que está prestes a terminar o seu turno no balcão da recepção da delegacia de polícia, atravessando a rua para bater na porta do número 14 da Short Street e, se ele ou ela tiver a decência de vir atender a porta, ameaçar dar uma surra na pessoa, de novo, dormindo sem dar a mínima, ou ouvindo, e até cantando junto, com o fantasma de Dusty, que agora quase acabou, cuja canção está no seu último frágil crescendo barato, quando ela canta *don't even go*, na medida em que os dois minutos e trinta e três segundos da música (e por trás deles todas as músicas de dois ou três minutos que um dia existiram, sobre as idas e vindas, as perdas e ganhos, os ciclos infinitamente móveis do amor e dos detalhes triviais da vida) chegam, como que sobre as asas abertas de rolas-da-índia comuns descendo sobre um jardim para pousar nos galhos ainda úmidos da macieira, suave, inexoravelmente, a seu fim.

Manhã. A senhora que limpa a escada toda manhã, e a calçada da frente, com a palavra *Global* em mosaico, esvaziou o seu balde e o guardou com o esfregão no armário do depósito. Ela foi para casa, há horas. A palavra Global ainda está limpa; ainda não passaram muitas pessoas sobre ela.

As meninas do caixa que trabalham no supermercado estão tomando café da manhã vestidas para o trabalho em casas espalhadas pela cidade (a não ser as meninas que trabalham meio período, e aquelas cujo dia de folga é hoje, muitas das quais estão ainda dormindo nas camas ou fazendo o café para crianças e homens).

As pessoas que compraram remédios na farmácia Boots ontem estão se sentindo melhor, pior ou iguais. Algumas estão resfriadas. Algumas têm infecções. Com algumas não há nada errado. Algumas estão tontas e não deveriam operar maquinário pesado no dia de hoje. Algumas veem a sua temperatura subir ou descer. Algumas melhoraram durante o sono e vão acordar se sentindo novas. Algumas descobriram, ou vão descobrir quando acordarem, que tomar o remédio não fez nenhuma diferença para o seu estado.

As pessoas que fizeram fila na frente do cinema para ver um filme ontem ou estão acordadas ou estão dormindo. Uma pequena percentagem delas sequer se lembra de ter visto o filme.

A instrutora da autoescola está tomando leite maltado no café da manhã; cafeína a deixa irritadiça. Ela está pensando na sensação do aprendiz de motorista dentro do seu corpo. O marido está tendo problemas com a gravata. Ela sorri e responde as perguntas que ele lhe faz, pensando na sensação da pressão do menino dentro da roupa dela no carro.

O aprendiz de motorista está acordado na cama repassando as aulas que já teve. A professora é boa?, a sua mãe lhe perguntou ontem à noite (a sua mãe está pagando pelas aulas). É, ele disse. Ele corou. Ela é muito boa, ele disse, ela disse que logo eu não vou mais precisar dos controles duplos no carro e que com o número certo de aulas eu vou passar fácil. Ele ainda tem dez aulas marcadas. Está imaginando o que mais vai aprender.

A mulher que atende no café está esperando no momento

tranquilo que antecede o movimento de toda manhã. Ela preparou um sanduíche de bacon e está lendo o jornal de hoje. É sobre pervertidos tarados de novo; não é uma história tão boa quanto a de ontem, sobre as pessoas comidas por tubarões. Mas eleva as suas certezas morais, o que a faz sentir-se purificada.

O homem cujo filho ontem entrou no carro e saiu, deixando-o acenando na calçada, está olhando o seu jardim pela janela dos fundos. Ele colocou saquinhos de castanhas nas árvores, para os pássaros. Os pássaros do inverno são um imenso prazer para ele. Olha lá um tentilhão. Outro tentilhão.

O homem que estava bravo com os namorados se agarrando ontem no ponto de ônibus está pedindo que a sua mulher o ajude a ajeitar a gravata. Vem aqui, ela diz, e tira a gravata da sua mão e a passa pelo colarinho e sobre si própria, por cima, por baixo, apertada, para baixo. Ela lhe dá um beijo no rosto. Ele atravessa a sala e olha no espelho; ele está bravo, embora não imagine por quê. Ele abre a porta da frente, grita tchau.

Os namorados bêbados no ponto de ônibus ontem estão na cama. Ele está tentando dormir um pouco mais, mas a sua ressaca abre-lhe os olhos a golpes de martelo a cada vez que ele os fecha. Ela está acordada, batendo a cinza de um cigarro em uma xícara. Ela olha para baixo e sorri para ele; remelento, ele devolve o sorriso.

O pedreiro está sentado em uma tábua que se projeta de um apartamento a três andares de altura. Ele está prestes a acordar com a sua furadeira qualquer pessoa que ainda esteja dormindo nas casas próximas. Já estava na hora mesmo de eles acordarem. Alguém, uma menina, passa de bicicleta. Ele acena para ela lá embaixo. Ele não a conhece. Ela não o conhece. Ela devolve o aceno. Bom dia, meu bem, ele grita. Ele fica animado. Larga a furadeira, olha para o bairro e começa a assoviar a melodia de uma música que conheceu quando era menino.

A moça que estava batalhando na rua ontem abre uma das coisas desajeitadas que estava carregando naquele momento. É um pote de suco de laranja do tamanho do tronco dela. Quanto mais você compra, mais barato fica. Ela equilibra o peso do pote com o do seu corpo e enche quatro copos. Ela os põe na mesa da cozinha, um na frente de cada criança.

A mulher grande demais para caber no cubículo da piscina está na cama. Ela está lendo um livro e comendo uma banana. O gato dela fez um ninho nas dobras da sua barriga. Ele passou os últimos quinze minutos limpando o pelo e se ajeitando e agora ronrona para ela com olhos cheios de amor.

A menina que trabalha na relojoaria acabou de sair do chuveiro, está seca agora, sentada na beira da cama. O seu cabelo cobre-lhe todo o rosto. Ela o empurra para trás das orelhas. Prende o relógio no pulso. Não é o relógio dela. É de outra pessoa, uma freguesa. Uma menina veio com ele no verão e ainda não voltou para pegar. É um relógio muito bacana; existem centenas de relógios iguais, todos feitos do mesmo jeito, mas a pulseira deste aqui foi amaciada pelo uso e então a sensação que ela dá é quente, e está funcionando direitinho desde que foi para o conserto. Quando ela vier pegar o relógio, a menina que trabalha no balcão está pronta para dizer, Oi, olha ele aqui. Eu estava imaginando quando você ia vir buscar. Eu não achei que você fosse desistir dele. É um relógio muito bacana. Ela não vai se importar, a menina pensa toda manhã quando põe o relógio. S. *Wilby*, dizia no pacote na gaveta do arquivo; a menina procurou nas fichas quando o senhor Michaels estava fora, na conferência de vendas, e achou o pacote e abriu, tirou da gaveta e olhou. Durante semanas a fio o relógio ficou trancado em uma gaveta de relógios consertados, todos lacrados em pacotes separados e funcionando sem ninguém ver. S. *Wilby*. £27.90. *Água no mecanismo.* Vinte e oito libras; uma conta bem altinha para um relógio desses. Ela riscou o registro no livro e escreveu a palavra *desistência* ao lado, cancelou no computador, dobrou o recibo e guardou no bolso. Ela tirou o seu próprio relógio. Passou este outro relógio pelo pulso. A fivela deslizou para o seu furo habitual. Ela e S. Wilby tinham pulsos de tamanhos parecidos.

A menina que trabalha na relojoaria nunca fez isso com o relógio de qualquer outra pessoa. Ela está surpresa consigo mesma. S. Wilby ficou parada na frente da loja, dias a fio, tímida e delicada, recolhida, enigmática, olhando para os pés o tempo todo. Ela tinha fingido não ver S. Wilby. Não sabe por que fez isso. Parecia ser a coisa certa. Ela não estava pronta. O momento era errado. Era constrangedor. É constrangedor agora, quando ela pensa a respeito, e quando pensa ela sente pequenas asinhas tocando o seu peito por dentro, ou algo por ali, enfim, revirado, tenso, trabalhando.

A menina que trabalha na relojoaria procurou todos os Wilbys na lista de telefones local e anotou os telefones deles. Uma dia ela vai ter coragem de ligar para eles, um depois do outro, e perguntar a quem quer que atenda o telefone se naquele número mora uma S. Wilby cujo relógio ainda está esperando na loja.

Na cozinha ela põe cereal em uma tigela, depois o leite. A mãe dela está no trabalho. O irmão dela ainda não acordou. Ela pega uma colher do escorredor. Olha o mostrador do relógio. Quase oito. Vai ter que ir a pé para o trabalho, ele está dormindo. Ela vai sair daqui a uns quinze minutos para não se atrasar.

Toda manhã ela pensa, quando fecha a pulseira do relógio. É hoje. Ela vai pôr os pulsos nus no balcão e dizer, eu vim pegar um relógio, está no nome de Wilby. A menina da relojoaria vai lhe mostrar o relógio no seu próprio braço.

Espero que você não ligue, ela vai dizer. Eu meio que me apeguei a ele.

Ela termina o café, dá uma espiada no relógio. Ela vai sair em cinco minutos. Ela olha o jardim pela janela.

Olha, está funcionando direitinho, ela planeja dizer. E, escuta, não tem custo. Eu que pago.

Manhã. Pousa um pássaro, depois outro. A árvore estreme delicada. A água da chuva se desprende dos ramos e cai, uma paródia da chuva em miniatura.

lembre
a
vida
vem

lembre
amor
te
vem

lenho,
amor,
nu-
-vem

Uuuuuuuu

Uuuuuuu

U

huuuuuuu

Agradecimentos e créditos

obrigada ao Royal Literary Fund
por seu bondoso auxílio durante
o período em que escrevi este romance.

obrigada, Simon, e obrigada, David.

obrigada, Philippa, Angus, Kate,
Frances, Xandra, Kasia e Sylvia.

obrigada, Becky.

obrigada, Donald.

obrigada, Sarah.

foram feitos todos os esforços para contatar os detentores de direitos autorais; no caso de qualquer omissão eventual, por favor contate o editor.

ESTA OBRA FOI COMPOSTA PELO GRUPO DE CRIAÇÃO EM ELECTRA E
IMPRESSA PELA RR DONNELLEY EM OFSETE SOBRE PAPEL PÓLEN SOFT
DA SUZANO PAPEL E CELULOSE PARA A EDITORA SCHWARCZ
EM DEZEMBRO DE 2009